風野真知雄

消えた将軍

大奥同心・村雨広の純心 新装版

実業之日本社

実業之日本社文庫

目次

序章 心術 7
第一章 気配 22
第二章 混戦 89
第三章 流星 167
終章 美男 238

村雨　広　大奥同心。新井白石の家来。新当流剣術の達人。
桑山喜三太　大奥同心。間部家中。弓矢の名手。
志田小一郎　大奥同心。広敷伊賀者で絵島の配下。忍びの術の遣い手。

徳川吉宗　紀州藩主。
川村幸右衛門　紀州の忍者集団・川村一族の長。
柳生幽斎　尾張徳川家に仕える忍者の総帥。別名大耳幽斎。
柳生静次郎　尾張柳生流から破門され浪人暮らしの剣士。
猿之介　猿回しの忍者。
お膳の勘助　お膳とお椀と箸を武器に戦う尾張忍者。
毒盛り半兵衛　料理人の尾張忍者。
三年太郎　動かない尾張忍者。
銀鼠・黄鴉　くノ一の尾張忍者。

『消えた将軍　大奥同心・村雨広の純心』主な登場人物

新井白石　六代将軍家宣時代から幕政刷新に大ナタをふるう政治家・学者。

西野十郎兵衛　新井家の用人。

綾　乃　十郎兵衛の娘。

月光院（お喜世の方）　家宣の側室、七代将軍家継の母。かつて村雨と幼なじみのお輝。

徳川家継　七代将軍。

天英院　家宣の正室。

絵　島　大奥の女中をつかさどる年寄。

生島新五郎　山村座の人気歌舞伎役者。

間部詮房　側用人。

井上河内守正岑　老中。

徳川吉通　尾張藩主。

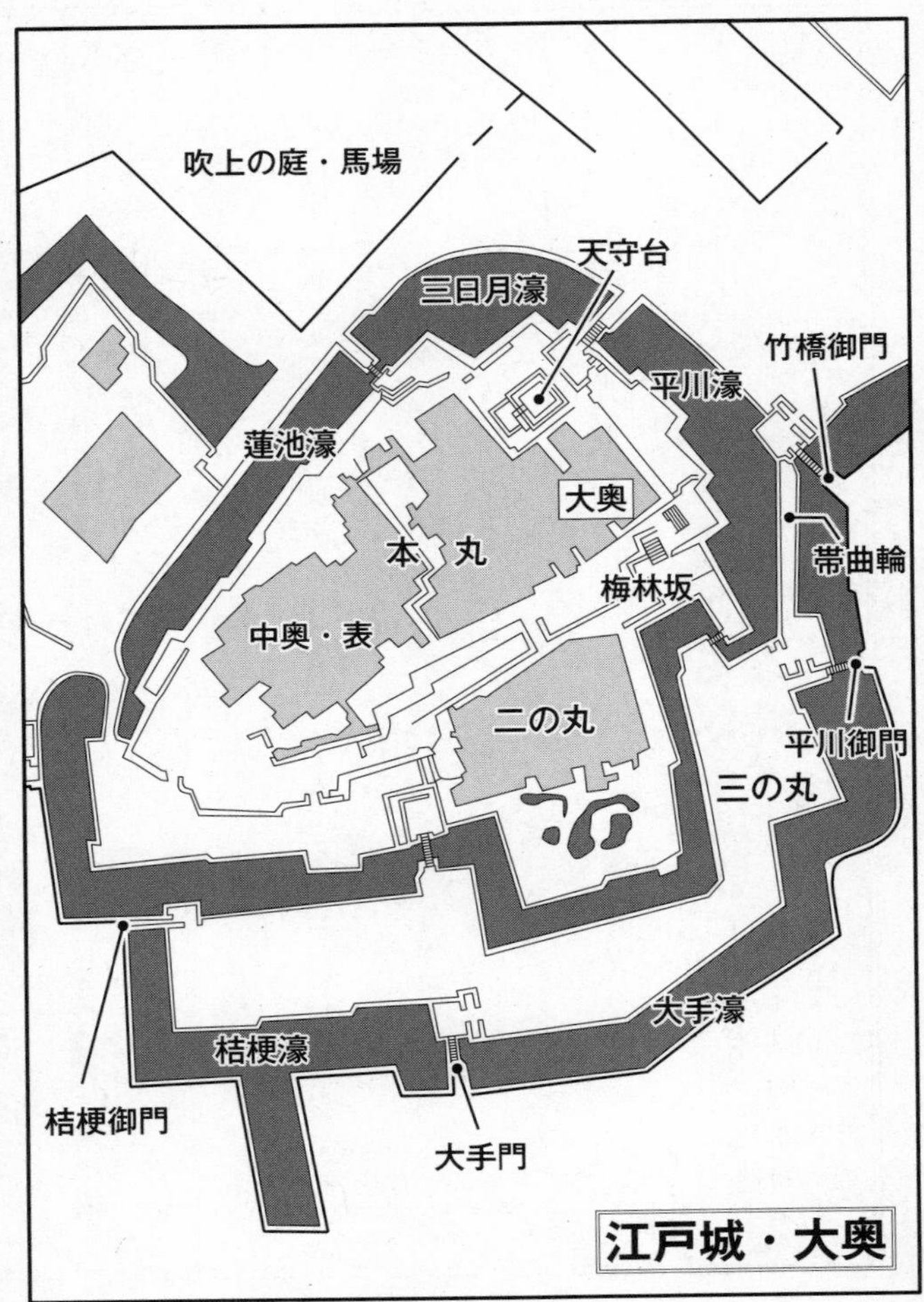
吹上の庭・馬場
天守台
三日月濠
竹橋御門
平川濠
蓮池濠
大奥
帯曲輪
本　丸
梅林坂
中奥・表
二の丸
平川御門
三の丸
大手濠
桔梗濠
桔梗御門
大手門
江戸城・大奥

序章　心術

一

紀州藩の中屋敷は、外濠（そとぼり）の喰違見附（くいちがいみつけ）を出たところにある。濠の内側にある上屋敷からは、紀尾井（きおい）坂を下りるとすぐに突き当たる。

広大である。

およそ十三万五千坪ほど。

余計口を言うと、現代の赤坂（あかさか）御用地がこの旧紀州藩中屋敷で、地形もほぼぴたりと重なり合う。

庭には広い池がいくつかある。

その池があるあたりは、誰も近づくことができない。密林のごとくになっているからである。

木々が鬱蒼と茂るばかりではない。ここらは猛獣が徘徊している。巨大な猪、狼、空には鷹が多い。獣ばかりではない。いまはまだ数が少ないが、夏から秋にかけてはスズメバチが多数、このあたりを飛び交う。

池の中もうっかりとは入れない。中には、異国から取り寄せたという人喰い魚が泳ぐのである。

「あと、できれば象が欲しい」

屋敷のあるじ徳川吉宗は、そう熱望している。

深夜――。

この、誰も近づくことがない一画で、焚火がおこなわれていた。

焚火をしていないと、猛獣に襲われるので、むしろしなければならない。

桜の花が散り、いまは葉桜に変わっているが、淡い若葉の緑が炎の明かりで不思議な色合いになっている。

焚火のそばには、吉宗と、紀州忍者の頭領である川村幸右衛門がいた。

「ことごとくしくじり、倒されたな」

と、吉宗は言った。

自身が仕掛けた幼い将軍家継の暗殺計画のことである。

吉宗の言葉に怒りの調子はなかったが、

「申し訳ありません」

と、川村幸右衛門は詫びた。

「いや、大奥同心として抜擢されたやつらが、思いのほか手練れであった。新井白石のところの村雨という男はかなりの遣い手だし、間部の家来の弓の技も卓越していた。しかも、伊賀者にしてもよもやあれほどの伊賀者がまだいるのかと感心した」

「たしかに油断がありました。なにとぞ、第二陣を」

「倒された五人を上回るような者がまだいるのか？」

「それは、あれだけの腕利きを育てあげるのは、われらにしても容易ではございません」

「であろうな」

一人の優れた忍者が、一朝一夕にできるわけがない。資質に加え、想像を絶する調練をほどこす。世に出てからも、怪我などせずに勝ちつづけなければならない。

いくら川村一族でも、それは容易ではない。

「ですが、家継さまのお命をいただかないことには、御前の天下はやって参りませぬ。もう、すでに、紀州から呼び寄せつつあります」

「なんと、ここにもすでにいるのか？」

「はい」

川村幸右衛門はうなずき、庭を見た。

猛獣たちが潜む密林である。道楽もあるが、忍び除けのためにしたことでもある。

吉宗も闇に気配を探った。

しばらく心を無にするようにして、闇と対峙していたが、

「わからぬ」

と、首を横に振った。

気配は獣たちのそれだけである。人はいない。

「者ども。殺気を発するがよい」

幸右衛門が闇の奥に声をかけた。

返事のように、手が一度叩かれた。

すると——。

「こ、これは」

吉宗は思わず刀に手をかけた。

「お感じになりましたか」

「ああ」

凄まじい殺気である。

いったい幾人が来ているのか。髪の毛が逆立つように感じるほどである。

「何人いる？」

驚くべき数である。

十人、いや、二十人？

それが吉宗の周りの闇に潜んでいた。

いつ、これほどまでの数の忍びが来ていたのか。

「申し上げれば、驚くべき数」

と、幸右衛門は笑った。

紀州忍者、恐るべし——吉宗は、わが配下ながら、背筋が寒くなった。

「念のため申し上げますが、殿が飼われている獣、虫、魚の類いは、いっさい殺しておりませぬ」

「それでよく、ここに潜んでいられるな」

「われらにまだ人材はいること、これでご理解いただけたかと存じます」

「うむ。わかった」

「では、今度こそ大奥同心の警護を突き破って、家継さまを」

「待て」

「なにゆえに？」

「わしはこれから、まだまだそなたたちの力を借りねばならぬ。いま、ここでありったけの手勢をくり出すわけにはいかぬ。温存させたいのだ。これほどの者たち、たとえ一人二人でも、失うのは惜しい」

「ですが」

「いや、わしに策がある」

「どのような？」

「そなたの心術こそ欲しい」

「ほう。ご存じでしたか」

幸右衛門は目を瞠(みは)った。

二

「不思議よのう」

　と、吉宗は言った。

「なにがでございます」

「そなたの心術だ。嫌いなものも好きにさせられる。やりたくないことでもやらせることができる。それがあって、なぜ、天下を狙おうとはしなかった？　相手を自在に操られるなら、天下を取ることもできるではないか？　たとえ、相応の家の生まれでなくとも、どこからでものし上がっていけるではないか？　かつて、太閤秀吉がそうであったように」

「それは、もちろん若かりしころは」

「考えたのか？」

「というより、それが目的で修行を始めました」

「ならば、そなたほどの術者になれば、できたであろう、天下取りも」

「ところが、駄目なのです」

「人の心というのは、操りつづけることはできないのです。そして、覚めたあとには、心の反動がやって来ます」

「反動？」

「はい。嫌いなことを好きだと思わせる。しばらくは好きになってしまう。ところが、心術はあるときふうっと覚めるのです。すると、無理に好きだと思わされていた分、今度はそれが大嫌いになり、逆に憎しみすら持たれるようになってしまいます」

「ほう。それは」

「おわかりでございましょう。心術を使えば使うほど、わたしには敵が増え、天下は遠ざかります」

「ふうむ」

「要は使い方なのです。わたしがおのれの天下のためでなく、吉宗さまの天下のために動けば、個々の目的だけを達成することはでき、吉宗さまの野望が損なわれることはありません」

「そういうものか」

吉宗はよくわからないという顔をした。

なにか詐術があるのではないか。

と、そのとき――。

森の闇の奥から狼が現われた。

ガルル……。

唸っている。口の端からは涎が垂れている。

そう大きくはない。だが、狼の怖さは大きさでは量れない。むしろ小柄なほうが、動きも早く、凶暴だったりする。

吉宗は、相手を刺激せぬよう、ゆっくりと刀に手をかけた。

だが、狼が飛びかかる速さより、刀を抜き放つ速さがまさるとは思えない。

手のひらが汗で濡れた。

「ご安心を」

幸右衛門はそう言って、右の手のひらを狼に向け、なにかささやくような声を出した。

すると、狼は低く唸りながら幸右衛門のそばにやって来て、座り込んだ。

狼は飼い犬に変わった。

「そなたの心術は、狼にも通じるのか？」

吉宗は驚いて訊いた。

「獣だけではございませぬ。魚にも虫にも、山川草木にも」

「なんと」

「殿は、生きものと草木が別だとお考えですか？」

「同じなのか？」

「生きとし生けるもの、すべて根はいっしょで、心を持っております。わたしはそれにささやきかけるだけ。あるときは慈しみの言葉を、そしてあるときは、邪悪な呪いに充ちた言葉を。天下を取ったとしても、それは人の世界のこと。生きものや山川草木がなびくわけではございませぬ。しかも、それらを虐待するようなことがあれば、かならずや報復を受けることになりましょう」

そんなことをぶつぶつつぶやきつづける川村幸右衛門を、吉宗は気味悪そうに見つめつづけていた。

三

その翌日である。

四谷御門（よつやごもん）のそば。

お濠端の桜や柳の若葉が、四月（旧暦）の爽（さわ）やかな風にくすぐられている。

そこを通りかかった二人の男が、

「おう」

「ややっ」

同時に足を止めた。

「貴公は柳生幽斎（やぎゅうゆうさい）」

「川村幸右衛門か」

柳生幽斎のほうが歳上（としうえ）である。八十を超えている。川村幸右衛門のほうは、七十をいくつか出たくらいである。

「久しぶりだな」

幸右衛門が懐かしげに微笑（ほほえ）んだ。

「ああ。京都で会って以来かな」

幽斎は、うなずきながら言った。

「京都の集いはもう七年ほど前になるかな」

「うむ、それくらいだ」

京都の集いというのは、幕府が催した忍びの者たちの顔合わせのようなものである。

この国に、忍びの者たちの系譜がいくつかある。その頭領たちの顔合わせが、将軍家主催でおこなわれることがあった。

いちおうは、平和な世の中であるが、いつ、不穏な事態が引き起こされるかわからない。そうした事態を避けるためであり、幕府も忍びの者たちを監視下に置きたいのである。

柳生の者。

尾張徳川家に仕えた柳生の者は、途中、剣の道と忍びの道とに分かれたらしい。その忍びの道のほうの総帥が、柳生幽斎だった。

幽斎は、神通力とも言える恐ろしい技で、柳生忍びを掌握してきた。だが、八十を超し、世間の八十とは比較できないほど矍鑠としてはいるが、衰えもあるはずである。

紀州の者からは、頭領として川村幸右衛門が出た。

このほか、伊賀の者、甲賀の者、風魔の者、甲斐の者、阿蘇の者なども参加していた。

「また、そろそろ催されるかな」

幽斎が言った。

「どうかな。まだ、お城の大奥に不穏の気配があろう」

と、幸右衛門は首をかしげた。

「家宣公があまりに早く亡くなったのには驚いた」

「まったくだ」

「世に紀州を疑う声が充ち充ちたな」

幽斎は嫌な目つきをした。

「滅相もない。尾張こそ」

「そんなわけがない」

「吉通公は名君との評判だ」

幸右衛門は、尾張藩主の名を挙げた。

「そうだな」

「柳生の剣の奥儀を伝授されたと評判だが、もしかしたら忍びの術まで伝えたのではないのか？」

「それを言ったら、吉宗公にこそ、川村の秘術を伝えているのではないか？」

「いや、それはせぬ」

「吉通公とて同じことさ」

「ふっふっふ」

互いに笑い合った。

油断してはならないし、油断はしていない。

だが、柳生幽斎は老いた。

顔にいくつもの濃い染みが浮き、皺は表情さえ隠してしまうくらい深くなっていた。いや、染みや皺だけではない。

忍者にとってもっと大事な疑う心というものも老いてしまったのだ。

幸右衛門がじっと見つめているのに気づいた。

親しみが感じられる視線である。

だが、奥底にからかっているような気配もある。

それは友のようである。

——そんなわけはないのに……。

幽斎は軽いめまいを感じた。

「貴公は柳生幽斎」

「川村幸右衛門か」

「久しぶりだな」

幸右衛門が懐かしげに微笑んだ。

「ああ。京都で会って以来かな」

幽斎はうなずきながら言った。

だが、柳生幽斎はおのれの会話に違和感を覚えた。

同じ話が始まっている。

——やられたのか。

と、気づいたとき、幽斎はすでに幸右衛門の術中に落ちている。

第一章　気配

一

「上さまは狙われておりましょう」

月光院の声は厳しかった。

激情には囚われていない。ぐっと耐えている。三十にもならない若い女にしては、健気なほどであろう。

だが、わが子のことを思うゆえの怒りは、隠しようがない。

「まさに」

側用人の間部詮房は頭を下げた。

「あのような幼い子が命を狙われるなど、あってよいのですか。なにも穢れのない、権力の慾など爪の垢ほども持たない五歳（数え歳）の子の命が、なぜ狙われなければなりませぬ。この国の政のかたちはおかしくはありませぬか」

「そうかもしれませぬが……」

ふだんはよく口の回る間部も、返す言葉がない。

「……ただ、政のかたちはともかく、子どもの命を狙う者は、まぎれもなく大悪人。断固として排除しなければなりません。われらは、戦うのみ」

「して、警護についてですが」

「それはもう、人員をふくめ、さらに厳重にいたす所存」

「厳重にするだけで守れるのですか」

「と、おっしゃいますと？」

「もともと大奥同心を設置したわけを思い出してください。陰謀は城外で練られ、大奥に入り込んで来ます。中の防備だけを固めても防ぎ切れるわけはありません。むしろ、敵に対し、こっちから攻めるくらいでなければならぬと、そういう趣旨でつくっていただいた職務ですよ」

「そうでした」

「それをいっそう早急にやっていただきたいのです」

「わかりました」

「敵の見当はついているのですね？」

「大奥同心たちは見当をつけたようです」

「誰です？」

「それはまだ申し上げるわけには」

間部はそう言って、額の汗をぬぐった。おいそれと口にできる名ではない。月光院が迂闊にも面罵するようなことがあれば、とんでもない事態に発展する。

「では、いまは訊きません。大奥同心の三名はほんとうによくやってくれていると思います。だが、三名では足りなくありませんか？　あの者たちに直属の部下をつけてやってもよろしいのでは？」

「それはわれらも検討いたしたのですが、あの者たちがわれらは三名でよいと申しております」

「そうなのですか？」

「むやみに増えると、協力態勢の均衡が崩れるだけで、いいことはない。われらはできるだけ身軽にしておいていただきたい――そのように申すのです」

間部は嘘を言っているのではない。

じっさい、白石とそういう話をし、三人に打診したところ、そう言って断わられたのである。あれくらいの活躍をしてくれるなら、二十人くらいの部隊を設置してもいいと思っていた。

「なるほど、そういうものかもしれませんね。では、逆に三人のほうから要望はないのですか？」

「大奥を守るのに、大奥に勝手に出入りできないというのは、大きな矛盾。われら三名、大奥まで出入り勝手にさせていただきたいと」

「それは当然でしょうが」

「ですが、前例が」

大奥はすでに伝統の中にある。

春日局（かすがのつぼね）が整えたと伝えられる大奥のあり方。将軍の血の正統性を守るため、将軍以外の男を禁制とした。

それは、警護よりも優先されてきた。

それを破ることは、将軍自身の判断ならともかく、間部にも荷が重い。

いま、間部がいるのも、大奥でもすぐ入り口のところ。ほかの大勢の目があるところである。大奥同心たちはさらにこの先、家継や月光院の寝間にまで、出入り勝手にさせてもらいたいと言っているのだ。

「間部」

「ははっ」

「前例を守って、将軍を失いますか」

月光院は泣いていた。

二

「母上」

家継の顔がほころんだ。

奥女中と遊びながら、母・月光院のもどりを待っていたのだ。

「お待たせしました。なにをして遊びます？」

月光院はやさしい声で訊いた。

「お庭に」

「はい。参りましょう」

このあいだ、遊び相手に扮(ふん)した者に命を狙われてから、子どもまで警戒している。本来なら、同じ年ごろの子どもたちと、好き勝手に遊ばせてあげたい。子どもはそうして、のびのび育つべきではないか。

——わたしなどは……。

月光院は、六歳のときから十年間、浅草の裏長屋で育った。加賀藩士だった父が浪人となったせいである。

ちょっと足を延ばせば浅草寺の境内があり、六、七歳のころから人混みの中を駆け回って遊んだものだった。

参拝客の賑わい。仲見世に並ぶ食べもの屋の匂い。怪しげな人もいれば、薄気味悪い思いだってした。そして、たいがいはいっしょに、三つ歳上だった村雨広がいた。

世界のすべてが遊び相手だったころ。

この子はそうした思いも味わえぬまま、将軍としての暮らしを送るのだろう。

——それが幸せなのか？

答えはわかる。考えるまでもない。

だが、そのことは言えない。

だから、わが子に対して申し訳ない。せめてしてあげられることはなんなのか。

ほかの子どもたちが持っているたくさんの幸せを取り上げて、かわりに与えられるものはなんなのか。

とりあえずは、迫る敵から守ってあげなければならない。

「あ、上さま。お気をつけて」

奥女中が言った。

池を泳ぐ鯉を追って、家継は中ノ島に架かる木橋を渡った。

「よいのじゃ。手を貸してはなりませぬ」

月光院が、奥女中が駆け寄ろうとするのを止めた。

手すりがないので落ちそうになったりする。危なっかしくてハラハラするが、月光院は見守っている。こういう危なさはいっぱい経験していい。そうしないと、危ないときに身を守るすべが身につかない。

家継がふと、足を止めた。

空を見上げ、不安げな顔をしている。

「どうかしたの？」

ようやく月光院が声をかけた。

「母上、怖い」

「大丈夫よ。ちゃんと見ていますから、ゆっくり渡っておいでなさい」

月光院は橋のたもとに立ち、微笑みながら手を広げた。

「そうではありません。なにかが降ってきます」

空を見て言っている。

「なにがです？」

月光院も橋を渡って行き、家継と同じ場所に立った。

空は青い。やや春の霞(かすみ)はかかっているが、天気が崩れる気配はない。

「なにかわかりませぬ。でも、まもなく、なにかが降って来るような気がするのです」

「そうですか」

月光院の胸にも、急に不安がこみ上げてくる。

笑いごとでは済まされない。家継の勘は鋭いのだ。

もともと繊細な子だった。それがこのところ異様な体験がつづき、さらに感性が磨かれたのではないか。

「やさしい雨だとよいのに」

家継がぽつりと言った。

「やさしい雨？」

「広い心を持った者が」

「広い？」

「はい。わたしを守ってくれるといい……」

熱にうなされたようにぼんやりした口調になっている。

月光院は、家継の言葉から人の名前を連想した。

村雨広。

幼なじみがいまは大奥同心として、わたしを守ってくれている。

月光院は家継を抱きしめるようにしながら、そっと胸の中で言った。

——あなたはわたしだけでなく、この子も守ってくださいますね。

三

間部詮房が、新井白石と絵島（えじま）の待つ部屋にやって来た。

大奥から中奥に来て、すぐわきの部屋である。四方の襖（ふすま）に鮮やかな楓（かえで）や銀杏（いちょう）の紅葉が描かれている。いまは春なのに、季節を勘違いしそうになる。

「いかがでした？」

白石が訊くと、間部は答える前に、

「そなたたちは出て行ってくれ」

茶坊主たちを追い払った。

大奥のほうは女中たちが行ったり来たりするが、中奥から表では茶坊主たちが多い。「行け」と命じない限り、かならず何人かはそばについて回る。

茶坊主たちはさまざまな話を耳に入れ、そこから城外に洩(も)れていくことも少なくない。白石などはこの茶坊主が大嫌いで、陰では「禿(は)げこうもりども」と呼んでいる。ただ、茶坊主たちに嫌われると、いろいろ支障をきたすので、表面上はあたりさわりなく接しているのだ。

茶坊主たちが出て行くと、間部は、

「月光院さまに叱(しか)られた」

と、言った。

「どのように？」

「大奥同心にもっと権限を与えよと」

「それはすべきかもしれませぬ」

白石はうなずいた。

「まずは、同心たちの依頼でもある大奥への出入り勝手を、当然のことであるとおっしゃられた」

「なんと」

「それは」

白石も絵島も、眉を曇らせた。

白石は伝統うんぬんで心配したのではない。月光院と村雨広の初恋について絵島から聞いたせいである。万が一、恋が進展したら、また別の騒ぎが起きかねない。

「だが、それはわしももっともなことと思う。おそばにおらずして、いざというとき守りようがない」

「たしかに。われら三人の責任のもとに、あの者たちに大奥に入るのを許すべきでしょうな」

白石が言い、絵島も渋々というようにうなずいた。

「ただ、わしのほうから条件を出させてもらった。かならず奥女中に声をかけ、三人いっしょに入ってもらうと」

「なるほど。それはよいですな」

　と、白石はうなずいた。

「大奥同心の数を増やせという月光院さまの申し出は、三人が嫌がっていると申し上げたら、それはご納得いただけた」

　すると絵島が、

「わたしは反対を押し切っても増やすべきかと思っていました。せめて伊賀者の数を増やすべきだと」

「それは村雨や桑山が承知するまい。三人の息はぴたりと合っている」

「だが、志田よりも腕のいい伊賀者がおりました。あれは替えようと思います」

「それはおやめになったほうがよろしい」

「ですが」

　絵島はめずらしく執拗である。

「絵島さま。大奥同心は側用人支配。すでに村雨は白石の元を、志田は広敷用人の元を離れたとお心得いただきたい」

　間部の口調は決して高圧的ではない。やさしく言い聞かせるように話す。奥女中たちにはこれが好評である。

「はい」

「大奥同心の人選は、もはや絵島さまの勝手にはできませぬ」

「承知いたしました」

絵島もうなずかざるを得ない。

「月光院さまは、早く、背後にいる敵にこっちからも攻め入って欲しいともおっしゃっておいでだった」

「背後の敵ですか」

白石は難しそうな顔をした。

「このあいだの敵、背後に老中井上正岑(いのうえまさみね)さまと天英院(てんえいいん)さまの存在を指摘する声は、大奥の女中たちのあいだにもずいぶんございます」

と、絵島が言った。

「聞いております」

「であれば、このお二方を？」

「ところが、大奥同心たちの見方は違うのです」

「え？　いったい誰を？」

「あのような奇怪な忍者どもを動かせるのは、紀州さましか考えられぬと」

「まあ」

絵島は目を大きく見開いた。

「むろん、証拠はない」

「しかし、お立場からしたらあり得ない話ではありません」

脇から白石が言った。

「吉宗さまが、そんなことを？」

「まだ、断定はできぬが、だとしたら、われらはどう対処すべきなのか。なんとも悩ましい事態よのう」

間部詮房はため息をついた。

四

新井白石はいったん小川町にある屋敷にもどった。昨夜は城に泊まり込んだのである。

湯に入る前に、白石は木刀を摑んで庭に出た。屋敷に入り込んだお蝶に心を奪われた件に懲りて、数日前から剣術に励むことにしたのである。

——身体がなまっていたから、あんな不気味な女にたぶらかされたのだ……。

いかにも学者らしい反省である。

「村雨はいるか？」

「はい、ここに」

白石の帰りを待っていたらしい。

「話もあるが、まずは剣術の稽古をつけてくれ」

「わかりました」

村雨は庭に下り、やはり木刀を手にして対峙した。

「まずは青眼の構えから打ちかかってきてください」

「うむ。こうか」

構え、すばやく足を踏み出しながら、村雨の肩口に木刀の切っ先を進ませた。

村雨は、これを右手一本で軽く当てるように弾いた。

「なんと」

軽く弾かれただけでも、白石の手は痺れたのである。

「思い切り、つづけざまに打ちかかってきてください」

「うむ」

白石は本気でかかっていく。

が、村雨にとっては、子どもをあしらう程度、いや、寄ってきたアリを払う程度のことらしい。

四半刻もしないうち、白石は汗びっしょりになり、すっかり息が上がった。

「今日はこれまでにしてくれ」

「わかりました。腕の力がしっかりしてきましたな」

「そうか」

褒められれば、やりがいも生まれる。

「ところで、そなた、秘剣月光を完成させたらしいな」

汗を拭きながら、白石は言った。

「いや、完成などとはとても」

村雨は苦笑した。

おそらく秘剣月光に完成はない。

月光は型ではない。編み出した塚原卜伝はこの世を独特の目で見て、それと呼応するような剣を編み出した気がする。

その独特の見方というのは――。

ひどく融通無碍で、変幻自在で、決めつけることをしない。

「秘剣という呼び方も本意ではなかったと思います。あれは、のちの世の者が、あまりに不可解な剣さばきゆえに、秘剣と呼んでいただけで、単に〈月光の剣〉と言うほうがふさわしい気がします」

「なるほどのう。だが、月光院さまの院号といっしょだな」

と、白石はとぼけた顔で言った。

村雨広が月光院の初恋の相手だったと絵島から聞いたとき、白石はひどく意外に感じたものだった。

たしかに村雨という男は独特の魅力があるが、しかし女が恋する類いの魅力とは違うように思える。剣と同様に摑みどころがない。

「たまたまでございましょう」

と、村雨はなにげない口調で答えた。

「それで、先ほど、間部さまが月光院さまの意向を伺って来られた。そなたたちの申し出はすべて受け入れられることになった」

「ありがとうございます。それで背後に吉宗公がいるのは明らか」

「明らかとまでは言えまい」

「いえ、わたしは確信しております。いざとなれば、あのお方と戦わねばなりませぬ。このうえは、どうかわたしをお召し放ちに」

「遅い。なにがあろうと、そなたを大奥同心に取り立てたのはわしだ。もはや責任から逃れられぬ」

「吉宗さまと戦ってもよいのですか」

「構わぬ。覚悟のうえだ」

白石がここまで言うなら、村雨にはしばらく食わせてもらった恩義もある。新井家の家臣という身分を抜けるわけにはいかないだろう。

白石の稽古が終わるのを待って、

「村雨さま。お疲れでしょうが、わたしにもお稽古を」

と、綾乃（あやの）がやって来た。

新井家用人・西野十郎兵衛（にしのじゅうろべえ）の娘である。西野からも「嫁にどうか」と打診までされた。

素直な、いい娘である。

顔立ちも愛くるしい。

しかも、この娘の頓珍漢（とんちんかん）な二刀流のおかげで、月光の剣はある程度かたちを摑むことができたのである。

「疲れてなどおらぬが、まだ懲りてないのかな？」

「懲りるどころか、いっそう励んでおります」

綾乃は村雨の前で、木刀を振りはじめた。

「えいっ、やっ、とう」

「ほう」

あれからずっと、木刀は振りつづけてきたらしい。腰が決まってきた。

「では、わたしに打ちかかってきなさい」

「はい」

かん、かん、かん……。

庭に木刀同士が打ち合う乾いた音が響く。

白石にしたように、右手一本で受けつづける。

白石には悪いが、こちらの小娘のほうが筋がいい。

「えいっ」

「たぁっ」

村雨が軽く突いた剣を綾乃が払った。俊敏な動きである。

「ここまでだ」

「どうでしょう？」

「よく稽古をしているようですね」

「はい」

「まっすぐな剣ですな」

「まっすぐですか」

「綾乃さんの心のようだ」

「まあ」

「だが、大工に聞いたことがあるが、のびのびとまっすぐに育った木は弱いのだそうだ。ねじ曲がった木が強いらしい」

綾乃への懸念である。

「それはわかる気がします。いまからでも、ねじ曲がったほうがいいでしょうか？」

「いや、そんなことはしないほうがいい。まっすぐのままの綾乃さんを慈しんでくれる男を捜すことだ」

「村雨さまは、まっすぐなのはお嫌いですか？」

「嫌いじゃないさ。ただ、そぐわないだけだ」

綾乃という娘は、なんと純粋なのか。

だが、人の心にはかならず濁り(にご)が生まれる。それは生きていくうえで避けられないのだ。

――綾乃にはどんな濁りが現われるのか。

村雨はなんとなく不安だった。

五

村雨広は、綾乃の稽古を終え、お城に向かった。小川町の新井家から一橋門(ひとつばし)まではすぐである。さらに平川門(ひらかわ)をくぐったところで、ふと足を止めた。

草むらにこぶし大の石が落ちていた。石が気になったというより、表面に模様が見えていたからである。

――これは……。

化石だった。村雨広は以前から、化石に興味を持っていた。

山の上に、貝や魚など、海の生きものの化石があったりする。これはどういうことかというと、その山は大昔に海であったからである。

海が山になり、山は海へと沈む。

いったい、この世界にかつてなにがあったのか。そして、この先、なにがあるのか。村雨広は、そうしたことに強い興味がある。

じつは、誰の天下になるのか、次の将軍は誰なのか、そんなことは正直、どうでもいいのである。家継がなろうが、吉宗がなろうが、まったくかまわない。ただ、月光院が無事でいてくれたらいいのだ。

政などにかかずらっているくらいなら、山に行って石を割っていたほうがどれほど楽しいか。

だが、いまは化石のことはいい。

気になるのは、この石が明らかに割れたばかりであるということである。

そもそも江戸というところには石がない。江戸の大地は、赤土や粘土でおおわれ、石は川原にさえない。お城の石というのはすべて、よそから運んできたものなのである。

だから、こんなふうに割れた石が散らばっているなどというのはあり得ないことなのだ。江戸に石がないのを知らない者のしわざだろう。石などはどこにでもごろごろ転がっているところから来た者の……。

「これは怪しい」

村雨広は、散らばっていた石をすべて集めはじめた。

そう広い範囲ではないところに、八つほどの破片が見つかった。どれも目立たないところにそっと置かれていた。

八つの破片を合わせると、かなり大きな石ができた。石垣の積み石一つ分。

どこか、石垣から一つ外れていないか。

村雨はいったん詰所に入り、桑山喜三太(きさんた)と志田小一郎(こいちろう)に疑念を語った。

「なるほど、それは妙だ」

「すぐに調べよう」

二人も外に出た。

平川門を警護する小者たちを呼んだ。

「この石垣の石がすべて本物かどうか、確かめてもらいたい」

高々と聳(そび)え立つ石垣を指差して、村雨は言った。

「これ、ぜんぶですか」

小者が訊き返した。

いったい、いくつ石があると思っているのかと言いたいらしい。

「ぜんぶだ。じっくり見て、怪しい石には、下からなにかぶつけたりしてくれていいし、われらを呼んでくれ。よいな」

まもなく詰所に絵島がやって来た。

いかにも春らしい装いである。絵島はお洒落（しゃれ）である。

美貌（びぼう）は断然、月光院が上だが、お洒落は絵島のほうが洗練されている。

歳は絵島のほうが月光院より四つ上らしい。

育ちのほうは、絵島の実家はれっきとした旗本というから、長屋育ちの月光院よりはるかに上である。

だが、いまや絵島が月光院に仕えるという関係になっている。

——そういう立場になったときの、女の気持ちというのは、どうなのだろう？

村雨はそこまで考えたとき、なにか大事なことに突き当たった気がした。

「そなたたちの大奥出入りを勝手とすることになりました。ただし、出入りする場所は一カ所のみ。また、出入りする際は、かならず三人いっしょとしてもらいたい」

絵島はそう言って、村雨をなに食わぬ顔で見た。

そなたが忍び入ることはなりませぬという意味だろう。

「わかりました」

三人は顔を見合わせてうなずいた。

「では、案内しましょう」

出入りするのは上梅林門を入ったところにある出入り口である。

ふだんは閂がかけてあるので、わきの小窓から女中を呼んで開けてもらわなければならない。

「女中がいないときは？」

と、桑山が訊いた。

「ここにはかならず誰かおります」

ほんとうに広い。

慣れておかなければ、この中で迷ってしまい、いざというとき駆けつけることすらできなくなる。

「毎日、一回りして、異変がないか確かめさせていただきます」

これも桑山が言った。

それだけでもずいぶん違う。

腕の立つ忍者ほど周到に準備をめぐらしておく。逆に、こちらが注意を張り巡らせるなら、異変は察知できる。

本当は、いっきに来るのが怖いのである。

だが、忍者は習性としてそれをしない。それがやれるのは軍であり、いくらなんでも江戸城に軍は攻めて来ない。

「ここが大奥のいちばん奥」

と、絵島は座り、

「上さま。月光院さま」

襖の向こうに声をかけた。

「お入り」

絵島が襖を開けた。

中庭が見えるところに陽が当たっていて、家継は仔犬とじゃれ合って遊んでいた。それをそばに座って月光院が見ている。

なんとも微笑ましい母子の情景である。

「上さま。この者たちに、上さまを守っていただきます」

月光院が言った。

「うん。空から来る者からもだな?」

家継が訊いた。

三人は顔を見合わせてから、

「空からなにが来るのでございましょう?」

桑山が訊き返した。

「わからぬが、なにか来るぞ」

「どんな敵からも、われらがお守りいたします」

村雨が言った。

「頼んだぞ」

家継がそう言うと、月光院もうなずいた。村雨を見ていた。

村雨は小さくうなずき、

「月光院さまのおんために」

胸の中で言った。

「だいぶ仕事はやりやすくなったな」

上梅林門を出たところで、桑山が言った。もう絵島はついて来ていない。

「そうだな」

村雨もそれは認める。

「だが、安心してはいられない。われらの本来の任務はここを守ることではないぞ」

志田が言った。

「そうだ。敵にはこっちから討って出るべきだ」

村雨も同感である。

「おそらく、この前の攻撃で一段落ついた。すると、第二陣がやって来ると見るのがふつうだな」

「ああ」

桑山の言葉に、村雨と志田はうなずいた。

「江戸に入って来るところを叩けたらいいのだがな」

「紀州藩邸を見張るか、桑山さん」

村雨がそう言うと、志田が、

「吉宗はこのところ上屋敷ではなく、中屋敷にいるらしいぞ」

「それは誰が？」

「伊賀者はいちおう御三家の動きを見張りつづけているのだ」

「なるほど」

「では、中屋敷を突っついてみよう」

桑山が村雨と志田を見て言った。

六

新井白石は、駕籠(かご)に乗って、両国広小路(りょうごくひろこうじ)へやって来た。

いちばんの気がかりは家継のことだが、しかし、政も休みなく進めなければならない。

世の景気は悪くない。白石の打った手は効果をあげてきている。

綱吉が亡くなってすぐに生類憐み(しょうるいあわれ)の令を廃止したことにより、漁業、運送業などが活況を呈してきた。

また、解放感もあり、祭りに似た気分もある。

それらを確かめるため、白石は盛り場を見に来たのだ。

盛り場は、世の中の活気がいちばんわかりやすい。人々が楽しげにそぞろ歩いているなら、やはり政はおおむねうまくいっているのだ。

西詰の薬研堀に寄ったあたりに、人だかりがある。

「あれはなんだ？」

白石は駕籠のそばにいた家来に訊いた。

「大道芸ですね」

すると、別の家来が、

「あれは、いま両国で人気の猿回しですよ。面白いものです」

「ほう」

白石は駕籠を下り、間近で見物することにした。

客は大きく円形をつくっていて、あいだに入り込んだ。

「さあさあ、いよいよお待ちかねの芸だ。お猿の尻吉、股吉、そしてお乳の三匹が人の真似をするよ！」

猿回しが、観客を見回しながら言った。

三匹の猿は、派手な半纏を着せられ、並んで立っている。

「これが面白いんだよ」

客の誰かが嬉しそうに言った。

「はいはい、まずは尻吉の幇間だよ」

尻吉と呼ばれた猿が、揉み手をしながら客の前をぐるりと歩いて回った。ぺこぺこするさまは、いかにも卑屈である。

「よいしょ」

という猿回しのかけ声に合わせ、手を叩いて、手のひらをひねるような妙な手つきをすると、客は大笑いである。

「次は股吉のお武家さまだよ」

威張って歩き、急に竹光を抜いて暴れ出した。その態度はいかにも憎々しい。

庶民から見る武士はこんなものなのか。

「見ているお武家さま方、ほんとに怒っちゃ嫌ですよ」

こんなことを猿回しから言われたら、怒ることはできない。

「つづいてはお乳ちゃんの花魁だよ」

着飾って、花魁のようにしゃなりしゃなりと恰好つけて歩く。

「おや、座頭の市さん、お出かけかい？」

と、猿回しが声色を使って言った。ここらあたりから、芝居仕立てになったらしい。

さっき幇間になっていた尻吉が、杖をつき、腰をかがめて現われる。

花魁は座頭に冷たい。

「おや、そこへ、なんと上さままで。上さまのお成ぁありぃ」

尻吉とお乳が慌てて土下座をすると、股吉がよちよち歩きで現われた。いかにも可愛らしい。

見物人は微笑んでいる。

新しい将軍が幼いことを皆、知っているのだ。

「上さま、お足元が危のうございます」

股吉の上さまは、つんのめるように転んでしまった。

その恰好がまた滑稽なのだ。

周囲の客は、もう大爆笑である。

一芝居終えたところで、猿たちは見物人からお金を集めてまわる。ザルの中にどんどん銭が投げ入れられていく。

白石は満足げにうなずいて言った。

「これを上さまがご覧になったら、さぞや喜ぶことだろうな」

七

猿回しの猿之助（さるのすけ）は、さっき来ていたのが、新井白石であることを見て取っていた。

——まさかな。

一瞬、自分が怪しまれたかと思ったが、それはない。ただの偶然だろう。

猿たちが、銭の入ったザルを持ち帰ってきた。かなりの額がある。五、六百文（一万円〜一万二千円）といったところだろう。毎日、浅草、両国、日本橋と回れば、一日、千五百文から二千文は稼ぐことができる。

忍びの者をやめたほうが、楽に食っていけるだろう。

芸が終わり、観客が散って行くと、猿之助は三匹の猿を荷車といっしょになった檻（おり）の中に入れ、引いて歩きはじめた。

猿の芸を見せると、客たちは猿の賢さに驚く。

だが、わかっていない。

じつは、猿という生きものは、芸で見せるよりはるかに賢いのだ。

それはほんとにぞっとするくらいである。最初に猿が賢いというのがわかったのは、もうずいぶん前で、身ぶり手ぶりを言葉のかわりにしたときだった。

猿は当然だが、言葉を話せない。そのかわり、言葉を一つずつ身ぶり手ぶりで教えた。「立つ」という言葉は、自分が立ってみせることで教えた。「栗（くり）」という言葉は、両方の指で栗のかたちをつくり、食べる恰好をした。

こんなふうに、言葉を一つずつ教えていった。

猿たちがまた、それらをすぐに覚え、使いこなせるようになった。最初に育てた猿のつがいが、どちらも賢かった。それから、賢そうな猿を選んで、嫁や婿（むこ）にして三代育てた。いま、猿之助は二十匹の猿を飼っているが、こいつらが特別賢い猿たちなのか。それとも、猿というのは本来これくらいの知恵は持っているものなのか、それはわからない。頭領の助言も的確だった。

いちばん驚いたのは、猿同士がそれで話をしているのを見たときだった。そのことも頭領は予言していた。

猿之助の忍びの技が格段に上がったのも、頭領の手助けと、猿の進歩のおかげだった。

もともと猿のように身が軽いことから技が始まった。それで猿を飼いはじめ、最初のころはただの目くらましとして使っていた。

だが、その目くらましが芸になり、いま、猿たちは驚くほどさまざまな依頼をこなす、猿之助の数十本の手足になっていた。

途中、団子を食ったりしながら、ゆっくりお城の清水門あたりに来た。

すでに陽は落ちている。ここらは昼間でも人通りは少ない。夜ともなれば静まりかえっている。

猿之助は檻から三匹の猿を出し、一匹ずつ、胸に小さな袋をかけた。

「いつもの仕事だ、頼んだぞ」

そう言って、猿を送り出した。

たとえ忍者とはいえ、江戸城の中心まで忍び入るのは容易なことではない。

だが、猿にとってはじつにたやすい。

お濠には橋が架かっている。猿はこの橋の上を渡らなくとも、橋桁のほうを伝ったりして渡ることができる。

石垣にしても、なんの苦労もいらない。むしろ木よりもはるかに登りやすい。

濠と石垣という、城にとって二大防御というべきところを、猿ならかんたんに越えて行けるのである。

しかも、万が一見つかっても、たいしたことにはならない。江戸で猿を見かけるのは、さほど珍しいことではないからである。猪もときおり江戸市中までやって来て、逃げ回ったりするが、猿はもっと頻繁に見つかる。

猿なら猪のように、捕まえて食べようなどという者もおらず、そのうちいなくなるだろうと、誰も気に留めることもない。

猿之助は、闇の中に消えていく三匹の猿を、驚嘆と情愛の入り混じった目で見つめていた。

八

大奥同心の三人は、紀州藩中屋敷に来ていた。

まずは三人ばらばらに、塀に沿って周囲をゆっくりと、二周ずつした。雲があって月はかすかだが、提灯（ちょうちん）もつけない。

いかにも探っているようなそぶりもした。怪しんでくれと言わんばかりである。

攻撃してくれば、もちろん迎え撃つ。そこが突破口になる。

だが、つけて来る者もいないし、誰何(すいか)されることもない。表門、裏門の門番だけが、「なんだ、きさま?」とばかりに睨(にら)みつけてくるくらいである。

北側にある鮫ヶ橋(さめがはし)の、門からは少し離れたところで集まった。

「なんだか嫌なところだな」

桑山が言った。

「ああ、ときどき中で狼の声が聞こえるぞ」

村雨は富士の麓(ふもと)で暮らしたころ、よく聞いたものである。

「狼だと？　見て来ようか？」

と、志田が言った。

「ちょっと待て。まずは、わしが矢を撃ち込んでみよう」

桑山は、短いが恐ろしいほどの強弓を目いっぱい引き絞り、空に向けて放った。

矢はかすかな音を立てながら、ほぼ真上に高く飛び、そこから落ちてくる。塀の内側、数間先だろう。

三人とも耳を澄ました。

「おかしい。生きものの気配はあるが、殺気のようなものは感じられない」

という桑山の言葉に、

「そうだな」

村雨も同感である。

だが、江戸の真ん中で、これだけ獣の気配が濃厚であるというのも、すでに尋常ではない。

富士の樹海にでも迷い込んだような気がする。

「やはり、中をのぞこう」

志田が刀を背中にくくりつけながら言った。

「だが、だいぶ高さがあるぞ」

桑山が塀の屋根を見上げた。

ここらは長屋門ではなく、殺風景な白壁になっている。高さはおよそ一間半（二・七メートル）。飛びつくことのできそうな木の枝なども見当たらない。竹竿（たけざお）などがあれば、その反動を利用してずいぶん高く飛べるだろうが、いまはそれもない。

「すまんが、二人の背中と肩を貸してくれ」

「ああ、なるほど」

村雨はすぐに志田の意図を察した。

桑山が四つん這いになり、村雨は足を踏ん張って立った。

志田はすこし離れたところから走って来て、桑山の背から村雨の肩に移り、そこから軽々と塀の屋根に立った。

「じゃあ、ちょっと行って来る」

「もどって来られるか？」

桑山が訊いた。

「こっちには木があるから大丈夫だ」

志田はそう言って、向こう側の木に飛び移って行った。

だが、すぐに狼の吠える声や、獣の走る音、鳥の羽ばたきなどが聞こえてきた。

その騒ぎっぷりは、人間のそれより凄まじい。

「なんだ、村雨、これは？」

「わからん。だが、まずいな」

志田がさまざまな生きものに食いつかれて、血まみれになっている姿が思い浮かんだ。

心配になってきたが、すぐに塀を越えて助けに駆けつけるのは無理である。

「見えないんじゃ、弓矢も使えないし」

「火でもつけるしかないか」

生きものはだいたい火を怖がるし、屋敷の者も駆けつけて来て、騒ぎになるだろう。志田もどさくさにまぎれて動きやすくなる。

村雨が火をつけるものを捜しはじめたとき、

「うぉお、危なかった」

志田が塀の中から飛び出して来た。

「なにがいたんだ？」

村雨が訊いた。

「狼やら猪がうじゃうじゃいやがった。ほかにヘビや鷹、フクロウなんかも攻撃してきやがった」

「なんだ、それは？」

「わからん。だが、ここは迂闊に入れるところじゃないぞ」

「人はいないのか？」

桑山が訊いた。

「人の気配はなかったな。どうする？　こっちも攻めるぞという気構えを示すのに、獣の数を減らしておくか？」

「いや、よせ。獣なんか減らしたって、大勢に影響はない。忍者たちはまだ到着していないのだろう。ひとまず、ここは引き揚げよう」

桑山がそう言って、引き揚げにかかった。

三人はいったん城にもどって来た。

平川門をくぐったところで、

「ちょっと待て」

志田が上を見た。

闇に目を凝らしている。やはりいちばん夜目が利くのは、忍者である志田である。

「どうした？」

桑山が訊いた。

「大奥あたりの屋根の上に誰かいた」

「なんだと」

三人は梅林坂を駆け上った。

小窓から中にいる奥女中に声をかけた。

「中で騒ぎはないな？」

「はい。なにもありません。どうかしましたか？」

奥女中は不安げな顔をした。

「屋根に人影があった。たぶんおやすみだろうが、上さまを怖がらせないよう、警戒してくれ」

「わかりました」

志田がケヤキの枝から大奥の屋根に上がった。

「わしは天守台のほうに回る」

桑山が駆けた。台のほうから弓で狙い撃つつもりだろう。

村雨は月光院のそばに行きたいところだが、三人いっしょでなければ中へは入れない。

「これも厄介だな」

忌々（いまいま）しげにつぶやくと、もどって梅林坂から下って来る者を待ち受けることにした。

目を凝らしていると、屋根の上を志田が走るのが見えた。

だが、その先をさらに速く走るものがいる。

志田が止まった。

そこは汐見太鼓櫓と呼ばれる一角で、その下は絶壁のように濠に落ちている。

志田はしばらく下をのぞき込んだりしているようだったが、まもなく姿は見えなくなった。

村雨も誰も下りて来ないのを確かめ、さっきのところまでもどった。

「どうした？」

屋根から下りて来た志田に、村雨が訊いた。

「ああ、いたのだが……」

怪訝そうな顔をしている。

「恐ろしく敏捷だったが、あれは人とは思えない。猿じゃないかな」

「猿？」

「猿なら吹上御庭にいたりすることもある。であれば、ここまで来ても不思議はない」

「そうだな」

「ただ……」

志田は言葉を濁した。

「ただ、なんだ？」

「上から石垣のほうをのぞき込んだとき、なにか嫌な感じがした」

「人の気配か？」

「わからん。だが、目を凝らしても、怪しいものはなかった」

「ふうむ」

もどった桑山と、三人は顔を見合わせた。

九

先ほど、石垣の中に潜んでいた三年太郎は、すこし緊張した。

忍びの者らしき男が、じいっとこっちを見ている気配があった。だが、まもなく気配は去り、近くには誰もいなくなった。

三年太郎は夜だけ動いてここまでやって来た。

ふつうの忍者なら四半刻で来られるところを、三日かけて来た。

最初に石垣一つを外し、砕いて捨てた。空いた部分に身体（からだ）を丸めて潜り込む。

次に動くときは、同じくらいの大きさの石垣を一つ外し、それでいままでいたところを塞（ふさ）いでから、新しい穴に入り込む。

こうしてじわじわと、目的の場所へ接近する。

辿（たど）り着いても、すぐに行動は起こさない。狙う相手の行動をじっくりと見定め、どうあってもやれるというときになって初めて、剣を遣（つか）う。

尾張忍者、三年太郎。

石の上にも三年とことわざで言う。あるいは、三年寝太郎というお伽噺（とぎばなし）もある。こうしたものからついた綽名（あだな）である。

忍者は綽名があれば、本当の名など消える。

三年太郎は、数多い尾張忍者の中でも、特異な忍者としてその名を知られた。

一口で言えば、動かない忍者だった。

じっさい、ある人物を暗殺するのに、三年のあいだ床下に潜んだことがある。そこで寝起きし、相手の日常を完璧（かんぺき）に探ったうえで、ぜったいしくじらない瞬間を待って、殺害に及んだ。

三年太郎の技は、いわば、

「待つ」

　ということだった。待つことで、絶好の瞬間を得、任務を遂行して、無事に脱出できるのだった。

「忍者のすることとは思えぬ」

「成功はしても、感嘆はできぬ」

　仲間うちからも、軽く見られた。

　だが、三年太郎はそんな言われようも気にしなかった。

　待っているときの三年太郎は、自分を人とは思っていなかった。人ではなくてなにかというと、虫だった。

　あまり動かない虫。地中や葉の陰などでうずくまったり、ぶら下がったりしている虫。そういうものになっている。それはまったく嫌な気持ちではなかった。むしろ、どこか嬉しかった。

　子どものころから虫が好きだった。カブトムシ、カミキリムシ、セミ、トンボ、バッタ、あるいは変態前の毛虫。虫ならどれも好きだった。

　子どものころ、父親に訊かれたことがあった。

「お前、虫が好きなのか？」と。

そのとき初めて、わが子が虫をうっとり見つめる習癖があることに気がついたらしい。

「うん」

うなずくと、不思議そうな顔をして、

「なんで、あんなものが好きなのか？」

と、訊いたものだった。

理由はよくわからない。だが、三年太郎に言わせれば、虫に興味を持たないやつのほうが不思議だった。あんな面白いもの。あんな千変万化のもの。あんなひそやかなもの。あんな気高いもの。人間なんかよりずっと興味深い。

——おれは虫のような忍者になろう。

そう決意したとき、仲間うちでもっとも愚図だった三年太郎は、仲間うちでもっとも成功率の高い暗殺者となった。

「なんのかんの言っても、三年太郎に狙われたら、逃げられた者はいない」

それは仲間うちでも定説になっていた。

十

「念のため、大奥内を見回らせていただきたい」

桑山がそう言うと、奥女中たちは閂を外してくれた。

三人は、ろうそくを持った奥女中のあとから、ついて回る。

「部屋を一つずつ？」

「いや、それはよい」

桑山は首を横に振った。

大奥の大半は、長局と呼ばれる女たちの住まいになっている。そこは、数え切れないくらいの部屋が並び、さらに中二階もあったりする。

一部屋ずつ見て回ったら、明日の朝までかかる。

しかも、中に入ろうものなら、女の匂いで噎せかえるほどで、三つ四つのぞいただけで疲れてしまうだろう。

気配に耳を澄ましながら、廊下を足早に歩いて、大奥を一回りする。この三人が注意を集中させれば、怪しい気配に気づかないことはまずない。

家継と月光院の寝間あたりは静まりかえっていて、そっと通り過ぎた。そこらは、薙刀を小脇にした女たちが寝ずの番をしていて、警護はしっかりしていた。声がしていたのは、大奥のいちばん外れで、昼間は呉服屋とか菓子屋、小間物屋などが出入りする部屋だった。

「誰か来ているのか？」

桑山はむっとしたように訊いた。

「はい。天英院さまの客が」

「天英院さまか」

家宣の正妻だった天英院には、早く西の丸あたりにお移りいただきたいと、大奥同心からも頼んではいるのだ。

だが、間部や白石ですらなかなか言いにくいことらしく、まもなくおこなわれる家継の七代将軍宣下の式が終わるまで待ってくれと言われていた。

「こんな遅くに」

と、村雨は忌々しげに言ったが、時刻はまだ夜五つ（八時）で、江戸の巷であれば宵の口と言っていい。

天英院のほか、おそばの女たちが十人ほど、二人の男を囲んでいた。ただ、無防備なわけではなく、広敷伊賀者が五人、遠巻きにするように警戒をしている。

「まあ、おいしい」

「どうしたら、こんなふうに卵をふわふわにできるのですか？」

奥女中たちは、甲高い声を上げて、はしゃいでいる。

「いま、人気の料理をつくってみせているのです」

と、案内した奥女中が言った。

「料理か」

なるほど甘くいい匂いがしている。

「面白い卵料理で、大奥でも評判になっているのです。それで、つくり方をぜひ習いたいということで、料理人を召したそうです」

「江戸に店があるのか？」

村雨が訊いた。

「いえ、名古屋から来たとか」

「ふうむ」

三人は、料理人とその手伝いの動きをじっと見つめた。

溶いた卵を鉄鍋に流し込んで、かきまぜながら焼き上げる。慣れた手つきで、ひっくり返すころ合いに大事なコツがあるらしい。

とくに怪しいところはない。

それでも、見つづけていると、

「なんですか、そなたたちは？」

天英院が睨みつけてきた。

「大奥同心の三名です」

桑山が答えた。

「それは聞いています」

「ざっと見回らせていただいています」

「それならもっと目立たぬようになさい」

怒っているのだ。

大奥同心が勝手に出入りできるようになったことを。

天英院に黙礼し、引き揚げることにした。

いったん外へ出て、

「いままでもあの一角までは男たちも入って来られたのだが、やはりあそこに来る者たちには、厳重な警戒の目を向けなければならないだろうな」

と、桑山が言った。

「わたしもそう思う。あいつらの身元を調べ、尾行したり、家を探ったりまでしたほうがいい」

村雨も賛成した。

「ただし、数は多いぞ。このところ、また増えているのだ。大奥の女どもは退屈しているからな」

志田がそう言って、

「広敷伊賀者にも協力してもらうか？」

と、訊いた。

「いや、やめよう。やっぱりわれらが動いた結果でないと信用できない。信用できない報告をもらっても、逆に不安は増すだけだ」

桑山が言うと、

「すまんな」

広敷伊賀者出身の志田は肩をすくめた。

「いや、志田小一郎だけが傑出しているのさ」

村雨広は大真面目な顔で言った。

十一

猿を江戸城に放ってほぼ一刻ほどして――。

猿回しの猿之助が、清水門の近くに腰かけて、猿の帰りを待っていた。

夕飯はまだである。猿もまだ食べずに働いているのに、自分だけ晩飯を済ますのは気が引ける。

生きものを操る忍びの者はほかにもいて、猿之助はその連中になじられたこともある。

「猿をあまり人のように扱うと、舐められたりするぞ。もっと厳しくやらないと駄目だ。言うことを聞かないときは、ばしばし叩け」と。

だが、猿之助はあまり厳しくするのは苦手だった。叩いたこともほとんどない。それよりは、うまくいったとき、褒めたり可愛がったりするほうに力を入れた。

頭領も、猿之助の育て方をよしとした。

「そのほうが伸びる」と。

じっさい、生きものに厳しく接する術者は、あまりその術を伸ばせずにいるようだった。

それでも頑固な者などは、猿之助をあざ笑った。

「人じゃねえんだから」

そう言う者は、人の子にも厳し過ぎる気がした。

「そのうち、ひどい目に遭う。猿はしょせん猿なんだ」

彼らは、おそらく猿之助の失敗を待っているのだ。

だが、猿之助はもう、「猿はしょせん猿」などという言葉はまったく頓珍漢であると思っていた。

「きゃ、きゃっ」

鳴き声がして、三匹とも無事に帰って来た。

「よし、置いてきたようだな」

胸に下げた袋はなくなっている。

「うまく」

と、猿之助は両手で円をつくるようにし、

「いったようだな」

三度、手を叩いた。

するといちばん前にいた猿が、神妙な眼差しで、右手と左手をずらして交差するようにした。

「人」

という字をつくったのだ。

「人がいたのか？」

猿之助も「人」という字をつくり、お城の屋根のほうを指差して訊いた。

「きゃっ」

と、猿たちはいっせいにうなずき、一匹の猿がもう一匹の猿を追いかけるという動きをしてみせた。

「追われたんだな？」

「きゃっ」

「屋根の上でか？」

猿之助は、両手で屋根のかたちをつくり、走る恰好をして訊いた。

「きゃっ」

猿は同じしぐさをしてうなずいた。

「だが、無事に逃げ帰って来たわけだ？」

「きゃきゃっ」

うなずく猿たちに、猿之助はほうびに用意しておいたかき餅を一袋ずつ与えた。

猿たちは袋に手を入れ、取り出しては、うまそうに食べはじめる。

猿之助は、そんな猿たちを見ながらつぶやいた。

「屋根の上まで追って来たとなると、気をつけないとな」

十二

奥女中たちが妙にはしゃいでいる。

教えた卵焼きのつくり方がなかなかうまくいかない。卵はくずれたり、逆に固くなり過ぎたりして、教えたようにふわふわした感じには仕上がらない。その失敗ぶりが面白いというので、笑い転げたりしている。

「盛ったのか？」

帰るしたくをしていた料理人の手伝いが、料理人に小声で訊いた。唇はまったくと言っていいほど動かない。

「なんでそう思う？」

料理人が訊き返した。

「笑い方が変だ」

「ああ、ちっと笑い茸(きのこ)を使ってみた。ほんのすこしだけだがな」

「やっぱりな。だが、死んだりしないのか？」

手伝いの問いに、料理人は笑って、

「盛るのは毒だけとは限らないのさ」

と、言った。

「どういう意味だ？」

料理人は、尾張の忍者のあいだで、〈毒盛(どくも)り半兵衛(はんべえ)〉と呼ばれて名高い男なのだ。名を挙げると驚くような人物たちが、この男の盛った毒によって果てている。

もちろん、死因は毒とは別のこととされている。

「機嫌がよくなる薬を盛るときもある」

「そんなものがあるのか？」

「あるのさ。それで機嫌がよくなると、細かいことなど気にしない。怪しいやつも怪しいとは思わない。敵が入り込むなんて警戒心もなくなる」

「へえ」

「いったん、ああして楽しく笑ったりすると、女たちはもう、わしらに敵意を向けることはない。女というのは、とくに出会いのときの気持ちで、すべて決まってしまう。男のほうは、もうちっと厄介だが、それでも効きめはある」

「なるほどな」

「おめえはどういう技を使うんだ？」

半兵衛は手伝いの若い男に訊いた。名は勘助（かんすけ）という。いっしょに仕事をするのは初めてである。

ここに来るまでは、藩主吉通のそばで、警護の仕事をしていたという。

いま五十の半兵衛よりずいぶん若い。まだ二十歳（はたち）くらいだろう。それにしては、面と向かうとき、生意気そうな口を利く。

「たいした技ではない。あんたは毒でもって何人殺せる？」

「一人ずつ殺そうとしても、先に飲むやつ、食うやつが出るから怪しまれる。数で言うなら二十人もやれたらいいだろうな」

「では、数だけで言えばおれのほうが上だ。この武器があれば、五十人と互角に渡り合うことができる」

勘助は胸を張って言った。

「この武器ってどれだ？」

「これだよ」

勘助は、視線を下に向けた。

「お膳があるだけだ」

「そう、おれの武器はこれなのさ。お膳に、箸、お椀、これらを武器に敵を倒し、身を守ることができる」

「なんと」

そう言えば、吉通がこの男を江戸にやるのをひどく渋ったらしい。この男がそばにいたら、お膳一つで五十人の刺客からも守ってもらえるからだろう。

十三

「すでに城内まで入り込んでいるように思われます」

と、桑山は言った。

絵島の相手は桑山にまかせ、村雨と志田は後ろで話を聞いている。

今宵は帰ろうと、門を出ようというとき、追って来た奥女中に引き戻され、詰所で絵島に問われたのである。天英院から絵島に、抗議のようなことがあったらしい。

「忍者たちですか？」

絵島が眉をひそめて訊いた。

「もちろん忍びの術を操る者でしょう」

「なんと」

「ただし、入り込んでいる者が忍者とは限りません。すなわち、当人が潜入しているかどうかすらわからないのです。われらの敵は、あまり当たり前の人間どもとは思わぬほうがよろしいかと」

桑山は明らかに脅す口調で言った。

「そなたたちは、紀州さまをお疑いと聞きましたが」

と、絵島が間部の顔を見ながら訊いた。

できれば絵島にはそのことを言って欲しくなかった。

「はっきりとはわかりませぬ。だが、このあいだの敵はおそらく紀州さまが背後におられたような気がします」

「では、今度の敵も？」

「それがどうも、紀州家に動いている気配は見えないのです」

「では、誰が？」

「わかりませぬ。見当がつけば、こっちからも討って出る所存です。ですから、早く背後の敵を見極めたいのですが」

「そうですね」

「われらが大奥におらぬときも、くれぐれもご注意のほどを」

桑山は厳しい口調で言った。


「ううむ」

平川門を出たところで、村雨広は唸った。

「村雨。どうした？」

「絵島さまが気になる」

「なんだと？」

「志田を別の者と替えようとしたらしい。もっと腕の立つ者を見つけたと」

村雨は剣術の稽古のあと、新井白石から聞いていた。

「うむ。そういうことはおっしゃっていた」

と、志田もそれを認めた。

「いまの伊賀者に志田より腕の立つ者がいるか？」

村雨は桑山に訊いた。

「少なくとも広敷伊賀者の中にはおらぬな」

桑山は断言した。

見ればわかる。

視線の動かし方。立っているうち、一つ一つの動きの俊敏さ。

明るいところでは、忍者はむしろ、剣士よりわかりやすい。

やはり忍者は夜の住人なのだ。

「ならば、なぜ、志田を替えねばならぬ？」

と、村雨は言った。

「志田の腕の立つのが嫌なのか？」

「そうとしか考えられぬ」

「よし。絵島さまを見張ろう」

と、桑山がうなずいて、

「まだまだ敵味方ははっきりしないな」

「そんなものさ、この世ってところは」

村雨はおどけたように言った。

十四

翌日の朝のうちである――。

登城が始まっている。

役目のある大名、旗本たちが、大手門からぞくぞくと城内に入って来る。

それとは逆に、出て行く者もいる。今日の絵島一行がそれである。将軍代参として、上野の寛永寺（かんえいじ）まで行かなければならない。

絵島の代参を聞いた大奥同心は、尾行を志田にまかせた。

その志田は先回りして、大手門の外でいかにも商家の手代ふうに変装し、絵島が出て来るのを待っていた。

まさか、大勢の武士で賑わう江戸城内で、密会がおこなわれるとは、志田もまったく疑わなかった。

絵島の駕籠（かご）が、大手門の近くまで来たとき、

「これは年寄の絵島さま」

と、声がかかった。

大きな男が駕籠のそばで足を止めていた。

「まあ、吉宗さまではありませんか」

絵島は駕籠を下り、挨拶(あいさつ)をした。

「そうそう、ちょうど大奥にお届けするものがございましてな」

「まあ、なんでしょう」

「紀尾井坂に菓子屋ができまして、そこの饅頭(まんじゅう)がうまいと評判なのです」

吉宗は重箱を渡そうとしたが、

「いまからお出かけでしたら、お邪魔ですな?」

「いえ、いただいて、早速、大奥にいる者に食べさせましょう」

絵島はそう言って、重箱を奥女中の一人に預け、引き返らせた。

それを見送りながら、

「吉宗さま。また、忍者を動かしましたか」

と、絵島は小声で訊いた。

「いや、動かしておらぬ」

「え？」

絵島は不安になった。

――大奥で得体の知れないことが起きているのか。

将軍の座を奪うのが吉宗なら致し方ないことである。だが、ほかの者に大奥を蹂躙（じゅうりん）されるのは許せない。ならば、絵島は月光院と家継を守りたいくらいである。

女心が揺れた。

「直接にはな」

吉宗がそう言うと、

「ああ。では、ご存じではあるのですね」

「きっかけはわしがつくったのだ」

「どういうことでしょう？」

吉宗は、大手門の脇に並ぶ腰掛けの一つに絵島をかけさせ、まだ持っていた重箱から饅頭を取り出した。

「さあ、味見をなさってください」

「いただきます」

甘いものを食べるときならでは微笑みを浮かべる絵島に吉宗は、

「尾張の忍者どもを動かしている」

と、告げた。

「まあ」

「紀州忍者の頭領は、人心を自在に操る心術を得意とするのじゃ。その者から、尾張忍者の総帥に術をかけさせ、腕の立つ尾張忍者を呼び寄せた」

「なんと。家継さまを亡き者とすると同時に、尾張をも叩こうというのですね」

絵島がつい強い口調で訊くと、

「そう怒るな」

「あまりにしたたかなものだから」

「ふっふっふ」

吉宗は照れて笑った。

「どんな忍者どもが来たのです？」

絵島が吉宗に訊いた。

「それはわからぬ」

「わからなくて、危なくないのですか？」

「忍者などというのは、そもそもが諸刃(もろは)の剣(つるぎ)。危なくない術などもない。天下取りというのはそういうものなのだ」

「まあ」

「絵島もそのことは知っておくがよい」

徳川吉宗は、にこりともせずに言ったのだった。

第二章　混　戦

一

話は少しもどる――。

尾張藩主、徳川吉通が江戸の上屋敷にいる。

廊下にスッと立って、広い庭を眺めていた。

吉通は明眸皓歯(めいぼうこうし)である。

弁舌も爽(さわ)やかである。

藩主がそうだからというわけでもないだろうが、紀州藩中屋敷とは違って整然としたおもむきの庭を見ながら、吉通は、

「幽斎！」

と、高々と呼んだ。

——あやつのことだから、庭のどこかにでも潜んでいるのだろう。

そう思ったからである。

ところが、

「ここに」

と、後ろで声がした。屏風(びょうぶ)の裏にいたらしい。しかも、いままで家臣と話し合いをしていた部屋の中である。

「出(い)でよ」

「ははっ」

皺(しわ)だらけの顔を見せた。

「そなた、いま、忍びの者たちを動かしているらしいな?」

「動かしております」

「そなたの一存か?」

「はい」

忍びの者が、藩主の命もなく、勝手に重要な任務を進めるなど、本来あるべきことではない。ただ、先々代から事情が違ってきていた。

「忍びの者たちは、なにをしているのだ？」

「殿。これはご存じないほうがよろしいかと」

「馬鹿な。言え」

「ははっ、江戸城の幼君のお命、頂戴つかまつることができればと」

「なんという」

吉通はしばらく言葉を失くした。

まさか、そんなことをしているとは、夢にも思わなかった。

「これは亡き先代の悲願でしたので」

「父は幼い将軍をも暗殺せよと命じたと言うのか？」

「いや、まさかあのように幼い将軍が誕生するとは思っていませんでしたので。ただ、そうせねば、殿が将軍になる目はありませぬ」

「わしは、薄汚れた陰謀で天下を得たいとは思わぬぞ」

「汚れるのはわれらのみ。殿はお気になされず」

「そうはいくか」

とは言ったが、じっさいは違う。

自分が知らなければよいのだ。家臣が勝手にやる分には、止めようがない。

ただし、これは忍びの者に限っての話である。

吉通の祖父のころ、この不文律ができた。柳生の忍びの頭領は、むしろ勝手にあくどいことをおこなうのはよしと。

ならば、尾張藩主は穢れることなく、高潔と正義を堂々と主張できる。それが王者というものだろう。

「一刻を争う場合ですので」

「そんなことはあるまい。将軍になったばかりではないか」

「わたしの命も長くありませぬ」

「そなたは百までも生きよう」

二十年近く前、吉通が初めて会ったときよりはさすがに老けたが、ときおり若返ったりする。なにか秘術のようなものがあるのかもしれない。

「いいえ」

幽斎は苦笑した。

「半月ほど前、お城を忍者どもが襲ったそうではないか？」

「そうらしいですな」

「あれも、そなたのしわざか？」

「違います」

「では、どこだ？ 薩摩（さつま）か？ 伊達（だて）か？」

「おそらく紀州かと」

「吉宗が！」

なんと不埒（ふらち）な者だろうか。

あれは王者の質ではない。

才と膂力（りょりょく）はあるかもしれないが、野卑である。王者の隣にあれば、英雄と称されたりもするだろうが、王者にふさわしい品格に欠ける。

「お膳の勘助のほか、誰を動かしている？」

いつも身辺を守っていた勘助がいなくなったもので、気分を害したのだ。

お膳一つあれば、五十人の敵を相手にできる男など、皆無だろう。もちろん、お膳がなくても、脇差一つに座布団でもあれば、同じことである。

「毒盛り半兵衛と、三年太郎を」

幽斎は答えた。

「わが藩屈指の忍者どもだろう」

「はい。この三人を動かせば、まずしくじりはございますまい」

「もどせぬのか？」

「それはできませぬ」

「なぜ？」

「三年太郎はいったん忍び込むと、われらにも居場所はわからなくなります。半兵衛と勘助はわかるでしょうが、引き返すとなると、あとをたどられたりします。ここは、ことが済むまで我慢のほどを。これは吉通さまにとっても、おためになることかと」

「まったく、そなたというやつは……」

そうは言ったが、怒りの気配はない。

二

吉通のもとを下がった幽斎は、邸内の柳生忍びが住む長屋へもどり、

「銀鼠（ぎんねず）はいるか？」

と、声をかけた。

「ここに」

現われたのは、若く美しいくノ一である。白髪の小男にでもつけそうな名だが、尾張のくノ一の場合、容姿や得意技と名前はなんの関係もない。色と、生きものの組み合わせで、くノ一の名をつけている。だから、赤鳩（あかはと）もいれば、紫蛍（むらさきぼたる）もいる。

「疲れた。あれをしてくれ」

そう言って、畳の上にうつ伏せになった。

「わかりました」

若いくノ一に身体をさすってもらうことを、

「おさすり」

と、呼んでいる。

「これをすると、若い女は願いが叶（かな）うかもしれぬぞ」

そう言ってから、

「わしは撫（な）で撫で地蔵か」

と、自分でおどけたりもする。

一種の伽（とぎ）である。

だが、幽斎は十年ほど前から、すでに男ではない。忍びの者には八十を過ぎてなお絶倫などというのはいくらもいるが、幽斎は早く駄目になった。

とはいえ、欲望が消えたわけではない。

通常の欲望が消えたかわり、際限なく広がり、持続する快感が生まれた。これはまだまだ深い。どこまでいくのか、幽斎にもわからない。

「手のひらをぴたりとつけ、ゆっくりとな」

銀鼠はまだ三度目くらいで、コツを覚え切っていない。本当はこんな若いくノ一ではなく、三十代のくノ一がうまい。

「はい。こうですね」

「うむ」

背中から尻へ。

うっすらと快感が広がっていく。

むしろ、若いときの快感よりいいものである。

それを若い者に言ったら、

「湯に入ったときのような快感ですか?」

と、訊かれた。そんな程度の快感しか思いつかないらしい。

「それなら湯に入る」

と、答えた。

皮膚は、撫でられるためにある。それが男女の悦楽の陰に潜んでいたことを知ったのは、男を失ってからである。

「次は爪を立ててみてくれ」

「はい。こうでしたね」

「ああーあ」

撫でられる快感の延長だが、痒いところを掻く、これが皮膚の快感の頂点に位置する。これを楽しむようになると、この世は男も女もなくなる。

ただ、この快感を得るには、痒みがなければならない。

それも、水膨れするほどの痒みである。そこを、鋭くした爪で掻く。

幽斎は、この痒みを得るため、配下の毒盛り半兵衛に処方を頼んだほどだった。

こうして、肌の快楽にひたっていた幽斎だったが、すべてを忘れてとはいかなかった。

むしろ、吉通のもとを下がってきたら、次第に不安が大きくなってきた。

このところ、ひどく不安だったのである。

子飼いの忍者三人を、家継暗殺に差し向けたのはいい。

吉通が将軍になる近道だろう。

ただ、気になることがある。あいつになにかされた気がするのだ。紀州忍者の頭領、川村幸右衛門に。

――わしになにをした？

当然、紀州のためになり、尾張のためにはならないことをしたのだ。

紀州、すなわち吉宗。あやつこそ、敵なのだ。一門であって、尾張にとってはもっとも厄介な敵。

御三家筆頭、かつ日本の中心にいる尾張こそ、将軍家にふさわしい。

それを紀州の山猿が。

だが、じつは山猿こそ怖いのである。

恥も外聞もなく、欲しいものに突進する山猿こそ、恐れるべきなのである。

幽斎に焦る気持ちが出た。

「まずいな」

と、つぶやいた。

「申し訳ありません」

背中で銀鼠が詫びた。

「いや、おさすりのことではない」

「では、なにが？」

「どうにも気になってきた。こんなことをしている場合ではない」

と、幽斎は勢いよく立ち上がった。

八十の年寄りの動きではない。

三

翌朝――。

柳生幽斎は江戸城大手門の近くにいた。

下乗門から大手門に行く途中の広場の隅。中間が疲れを癒やしているかのように、松の木の幹の裏にそっと佇んでいた。

幽斎の耳に小さな筒が当てられていた。

筒からは細い糸が出ていた。

糸は風に揺れながらも、長く伸び、大手門の手前で立ち話をしている男女の、女の背中までつづいていた。

糸の端にあるのは、小さな虫だった。

黄金虫（こがねむし）。陽を浴びて輝くその虫は、女の背の上のほうに目立たなく止まったまま、固いほうの羽を広げている。

これは、飛翔する寸前の姿である。

固い羽の下から柔らかな半透明の羽を出し、それを震わせて空を飛ぶ。その準備に入った姿なのだ。

ところが、黄金虫は飛び立たない。じいっとしている。広げた羽は、なにかをすくい集めるようにも見える。

じつは——。

黄金虫は音を拾い集めているのだ。

羽で集めた音は、糸を通って、およそ半町（五十五メートル）ほど離れたところまで運ばれて行く。

つまり、柳生幽斎は、白昼堂々、盗聴という行為にふけっていた。

盗聴こそ、柳生幽斎がもっとも得意としてきた技である。

別名、大耳（おおみみ）幽斎。

諜報（ちょうほう）能力にすぐれ、常時、ほぼ二十カ所の秘密を盗み聞きしている。聞いた言葉は分析され、整理され、ほかの言葉とどう結びつくかを探っている。この技があるからこそ、柳生幽斎は尾張忍者の頭領の地位を保ちつづけてきた。八十ともなれば、聴覚はひどく衰えるのがふつうだろう。だが、幽斎は、老いてますます聴覚を鋭くしてきた。

もともと、聴覚は並外れていた。

それに気づいた幽斎の親は、聴覚をとことん鍛（きた）えた。そのため、ほかの感覚を隠し、聴覚一本に絞ったこともあったほどである。

結果、二十間離れたところで、針が落ちる音すら聞き取れるようになった。あまりに鋭敏なため、逆に音がうるさく、ふだんは耳に詰めものをしているほどである。

加えて、聞くための道具も駆使した。

音は糸をつたうことで、さらに遠くまで伝搬される。

また、音はじょうろ型の道具を使えば、集めることもできる。

こうした特徴を生かす道具は多種、工夫してつくってきた。

いまや、大耳幽斎が聞き取れない会話はほとんどない。

幽斎の聴覚は、さらに驚くことまでやってのける。

人の身体に左手の指先を当て、その上を右の指先で叩く。すると、音が出る。この音で、内臓の調子や腫瘍の大きさまでわかってしまう。

また、塀に囲まれた屋敷の音を聞く。直接の音を聞く場合もあれば、幽斎自身が音を立て、その反響だとかに耳を傾ける。すると、建物のなかにいる人たちの会話はもちろん、建物のかたち、人がどこに何人いるか、そういうことまでわかる。

これは、頭の中に、音だけで透視図のようなものができるためである。

いまは、江戸城内。

門近くで男女がさりげなく、しかし声を落として話している。

「尾張の忍者どもを動かしているのです」

と、徳川吉宗が野太い、いかにも押しの強そうな声で言った。

「まあ」

大奥の年寄である絵島は、可愛らしい声で驚いた。

幽斎は、紀州藩邸を出た吉宗をつけてきていた。それが、絵島と出会うと、吉宗はないしょ話を始めた。幽斎はさりげなく通り過ぎ、絵島のほうに本物の黄金虫をくっつけ、こうして話に耳を傾けている。

「紀州忍者の頭領は、人心を自在に操る心術を得意とするのじゃ。その者から、尾張忍者の総師に術をかけさせ、腕の立つ尾張忍者を呼び寄せた」

吉宗は楽しそうに言った。

「なんと。家継さまを亡き者とすると同時に、尾張をも叩こうというのですね」

絵島はなかなか勘がいい。

ただ、この二人には、狎(な)れ合った男女同士の甘ったるさがある。

おそらく二人はできている。

「どんな忍者どもが来たのです?」

「それはわからぬ」

と、吉宗は言った。

わかるわけがない。子飼いの優秀な忍びを差し向けている。

「わからなくて、危なくないのですか?」

「忍者などというのは、そもそもが諸刃の剣。危なくない術などもない。天下取りというのはそういうものなのだ」

「まあ」

「絵島もそのことは知っておくがよい」

そう言って、二人の会話は終わった。

幽斎は歩き出した絵島から、糸を引いて黄金虫をもどし、

「そういうことだったか」

と、つぶやいた。

なんのことはない。自分の発案で手下に将軍暗殺を命じたのかと思っていたが、そうするよう、川村に暗示をかけられていたらしい。

こうして直接耳にしなければ、あとひと月ほどは暗示がつづいていただろう。いまだって、若干は残っている。

柳生幽斎は、お城の芝生の上でしばらく佇んでいたが、やがて気を取り直したように言った。

「吉宗と川村幸右衛門に操られてしまったが、そうそう都合よくは進ませぬぞ」

四

三年太郎が動くのは夜だけである。陽のあるうちは昏々と眠りつづけている。それでも地上から始めた石垣の移動は、途中、穴を一度替えただけで、頂上近くまでやって来ていた。

平川濠にそそり立つ石垣である。

上から見たら、まさに断崖絶壁。

とくに高いところが得意なわけではない三年太郎だから、下を見ればやはりくらくらする。

ここからは、いっきに大奥の中枢に入り込もうと思っている。

当初は、大奥の屋根を破り、天井裏に忍ぶつもりだった。だが、思ったより警戒が厳しい。

しかも、毎晩、屋根の上を猿がうろうろする。

お城の中は緑豊かなので、猿がこのあたりを棲み処にしていてもおかしくはない。だが、あの猿たちは変である。

動きに知恵が感じられる。人間が化けているのではないか、と思ったくらいだった。

そこで、屋根伝いに歩くのは諦め、石垣の奥から穴を掘っていき、大奥の真下まで進むことにした。

これだと地下の仕事なので、昼も進めることができる。

本丸一帯は、自然の地形ではなく、盛り土をしたうえに築かれている。これはむしろ、岩や木の根など自然のものがないため、穴を掘りやすいのだ。

屋根から行くよりもすんなりと、大奥の真下へと辿り着けそうだった。

村雨広が、新井白石から南蛮渡りの遠眼鏡を借りた。

というより、見張りのためと称して買わせたと言ったほうがいい。

昔から欲しかったが、恐ろしく高いもので、買えるわけがない。使えるようになったので、仕事が一段落したら、月やら遠くの景色やら、いろいろ眺めたいものである。

まずは、これを平川濠側の石垣を見渡せる竹橋門の近くに設置し、石垣の一つずつを見ていくことにした。

平川門の門番たちの報告も届いているが、

「異常はない」

とのことである。

だが、素人が下からいくら石垣を眺めても、異常は見つからない。

もともと当てにはしていなかったが、凡庸なやつらが見張っているだけと敵が思ってくれれば、油断が生まれる。

油断こそ、こちらに勝機をもたらしてくれるのだ。

村雨が遠眼鏡の筒をのぞきつづけていると、仲間の二人も一仕事を終えてきて、

「どうだ？」

と、桑山が訊いた。

「ああ、よく見える」

「だが、わしがざっと石垣を伝い、見て回ったほうがよくないか？」

志田が言った。

「なにが飛び出すかわからんぞ」

「そりゃあ、石垣に貼（は）りついているとき、槍（やり）で突っつかれでもしたら、避けようもないだろうがな」

「だろう。それよりは怪しい石に、桑山の矢を当ててもらったほうが確実だ」

「なるほど」

二人にものぞかせてやる。

「ほんとによく見えるが、しかし上下が逆さまだな」

桑山が言った。

「これはそういう型で、ちゃんと見えるものもある」

「ほう」

「だが、逆に見えるものでも、長年、望遠鏡に親しむと、頭の中で上下を逆にできるようになるらしい」

と、村雨は言った。

「それは凄い」

「それくらい、人の身体というのは強い順応力を持っているのだろうな」

それは、村雨がしばしば感嘆することだが、桑山も志田も、

「なるほど」

「そういうこともあるだろう」

素直に納得した。

これは二人とも、過激な訓練をおのれに課してきた経験があるからなのだ。

人の身体には、驚くべき能力が隠れている。

五

「だが、変だな」

志田がぽつりと言った。

「なんだ？」

遠眼鏡をのぞいたまま、村雨は訊いた。

「紀州忍者とはどうも色合いが違う気がしてきた」

「そんなこと、わかるのか？」

「ああ。江戸の伊賀者は衰えた、技にもろくなものはない——というのは定説になっているよな」

「まあな」

村雨は桑山と目を合わせ、遠慮がちにうなずいた。

じっさい、いま、お城の警備をしている伊賀者は、多くの者から腕を見くびられている。

「それは、日本中の忍者たちの認識でもあろうし、おれが見ても当たっている」

「言っちゃ悪いが、わたしもそう思うな」

と、村雨が遠慮がちに言った。

「ただ、戦国からこっち、逆に進歩したところもある」

「なんだ、それは？」

桑山が信じられないというように訊いた。

「それは、全国の忍びの術について詳しくなったということさ」

「なんだ、そりゃ？」

「どこそこの、誰々という忍者は、こんな技を遣うらしい——などといった会話がのべつなされ、それは江戸の伊賀者たちのあいだで知識となって蓄積された」

「ははあ、知識か」

桑山が馬鹿にしたように言ったので、

「いや、知識の積み重ねは大切だぞ」

と、村雨はかばった。

「それで、その知識に照らし合わせると、今度の忍者たちの動きは変なのさ」

「ほう」

桑山の顔が変わっている。

「どこか、おっとりしている。優美な気配すら漂っている。もしかしたら、朝廷の忍者かと思った」

「朝廷の忍者だと？　そんな者がいるのか」

「もちろんだ。朝廷の忍者の技は面白いぞ」

村雨広も聞きたかったが、いまはそれどころではない。

「では、どこだ？」

桑山が訊いた。

「おそらく尾張だ」

「尾州公か……」

桑山は唸るように言った。

「御三家の筆頭だし、江戸と京のあいだにあって、遊興も盛んだ。そういう町の気配が忍びの術にも影響するのかもしれぬ」

「それはあるだろうな」

「といって、術が劣っているわけではない。奇妙さでは、むしろ紀州を凌駕（りょうが）しているかもしれぬ」

「そりゃあ厄介だ」

そのとき、村雨が遠眼鏡から目を外し、

「ちょっと、待て」

と、言った。

「どうした？」

「怪しい石を見つけた。あそこだ」

指差したあたりは、だいぶ上のほうである。

「じゃあ、矢を当ててみるか」

桑山が背中の矢筒から矢を一本抜いた。

「届くか？」

あいだに濠をはさむうえに、ここよりかなり高い位置にある。半町ではきかない。伝説の那須与一（なすのよいち）の扇の的ですら、もっと近かったはずである。

「もちろんだ。上からいくつ、左からいくつ目だ？」

「上から四つ、左からだと十二だが、斜めに重なっているところもあるので、十一とも十三とも言える」

「少し茶色っぽい石の右斜めのやつか？」

桑山は遠眼鏡で確認もせずに言った。

「あ、そうだ」

「わかった」

桑山は、愛用の短い強弓を振り絞ると、矢を放った。

矢はわずかに放物線を描いたが、狙いは違わず、その石に命中した。

「やった！」

村雨は思わず言った。

だが、矢は弾かれて落ちた。

「石だな」

桑山は言った。

「ああ」

志田はうなずき、

「見当違いか」

村雨はがっかりした。平川濠に面した石垣をすべて見て、怪しいのはあれだけだったのだ。

「じゃあ、次は出入りの商人たちのほうを当たるか」

と、桑山は言った。

「ふう」

と、石垣の中でため息が出た。

隙間から外を見て、三年太郎は胆を冷やしていた。

三人の男たちがこっちを見ていた。この石を怪しんだのだ。

しかも、一人が矢を放つと、驚いたことに相当な距離があるにもかかわらず、矢をこの石に命中させたのである。

石垣を一つ外すかわりに、扁平な石の蓋をしている。

矢はこれに当たり、弾かれて落ちていった。

それでやつらもこれを石と見なし、引き払って行った。

もうすこし近かったら、音の違いで見破られたかもしれない。風があり、音が流れるのも幸いした。

それにしても、この石を怪しんだ眼光の鋭さは凄い。

しかも、これほど距離があるのに、一矢目で命中させた。あれほどの弓の名人は、尾張中捜しても、見つからないだろう。忍びの術より恐ろしいくらいである。

さすがに将軍の護衛には、屈指の手練れを集めている。

冷汗が流れた。

——助かったぜ。

三年太郎は、しばらくのあいだ、動けないでいた。

六

三人は、大奥へ出入りする商人たちの身元のほうも洗い出している。

「料理人がちと気になってきた」

と、志田が言った。

「料理人が？」

桑山が訊いた。

「あの手伝いの者もいっしょだが」

「臭うのか？」

「この前、二人を大奥から家までつけたときは疑わなかった。だが、あの者たちは名古屋から来ているのだ」

たしかに奥女中はそう言っていた。

「そうか、さっきの話とつながるか」

と、村雨は言った。

料理と忍びの術。なるほど、どこか優美で奇妙な取り合わせになる。

「名や住まいは?」

「大奥に出入りする者は、広敷伊賀者のほうで当然、控えているはずだ。あとで確かめるから嘘も書けぬ」

と、志田が言った。

「よし、行ってみよう」

それで、ここに来た。

九段坂元飯田町。武家地の中にぽつんと町人地の一画がある。こんなところは江戸でもめずらしい。

しかも、ここはお城のすぐそばなのだ。

田安門は目の前だし、直線で結んだら、大奥にも十町分ほどの距離だろう。ここに住んでいるということ自体、すでに怪しい。

料理人の半兵衛と、手伝いの勘助。

二人は、ここの一軒家を借りていた。もし、怪しかったら、ここでケリをつけてしまう。大奥にはもはや出入りはさせない。

声をかけると、留守のようである。

「この家の者はおらぬのか？」

と桑山が、鉢植えに水をやっていた隣家の年寄りに訊いた。

「ええ。二人は江戸に出す店を物色してまわってましてね」

「店を？」

「有名な料理人なんですよ、あの人たちは」

隣家のおやじは自慢げに言った。

「いつごろもどる？」

「毎晩、遅くなってから帰って来ます」

隠居の返事を聞き、

「どうする？」

と、桑山は二人を見た。

「では、遅くなってから、わたしが見に来てみよう」

村雨が言うと、

「おれも付き合う」

志田も気になるらしい。

「では、わしは大奥を見張ろう」

今日は三人とも、詰所に泊まり込みになりそうである。


「見張られているな」

三人の後ろ姿を見送った柳生幽斎は言った。

隣家の年寄りが幽斎だった。

ここはもともと幽斎が隠れ家のように使ってきたところである。今度の仕事に当たって、隣の空き家を借りさせた。

「まずいですね」

と、後ろでくノ一の銀鼠が言った。

「うむ。まずい」

「あの者たちが、大奥同心ですね？」

銀鼠が訊いた。

新たに側用人支配ということでできた部署である。わずか三人しかいないが、この者たちが半月前の暗殺者たちから家継と月光院を守ったのだ。

大奥には、当然のことながら雄藩のくノ一が入り込んでいる。尾張もしかり。銀鼠はその仲間から聞いた。

「ああ。三人とも、相当な遣い手だ」

「はい」

「今夜は吉原にでも泊まるよう伝えておいてくれ」

「わかりました」

「それにしても、まいったな。もう一人、あいつらを倒す者が必要になった」

「わたしもお手伝いを」

「いや、そなたでは相手にならぬ」

幽斎はにべもなく言った。

「半兵衛や勘助たちを超える者というと、国許にもそうはいませんが」

「一人、江戸に忍びではない者がいる」

「誰ですか？」

「柳生静次郎」

「柳生静次郎……先代の殿から直に破門された者ではないですか」

「だが、じっさい、尾張柳生でいちばん腕が立ったのも、あの男だった」

「江戸にいたのですか」

「去年から来ている」

「江戸でなにをしているのです？」

「細工師をしている」

「なにをつくっているのですか？」

「いろいろさ。変わったものをつくって、高く売っている」

幽斎は、面白がっているように言った。

一刻後——。

幽斎は、深川の蛤町に来ていた。

まさに陋巷といった土地柄である。安白粉と魚介物と排泄物の臭いに、絶望のため息が混じっている。

柳生静次郎はここの長屋に、

〈細工いたし候〉

の看板を掲げて暮らしていた。

まだ若い。二十五のはずである。

幽斎は玄関口に座り、

「わしを知っているか？」

と、訊いた。

静次郎は鉄の棒にやすりをかけながら答えた。

「あんた、たしか忍びの頭領だったな」

「うむ。おぬしも剣のほうにおらず、忍びのほうにいれば、あんなことにはならなかったのにな」

「いまさら、そんなことを言いに来たか。もう、遅いぞ」

「そう言うな」

「なにしに来た？」

「尾張のために力を貸してくれ」

幽斎がそう言うと、

「尾張のために働く気はせぬ」

静次郎は鼻で笑った。

先代藩主・徳川綱誠に、

「そなたの剣は邪道」

と貶められた。尾張藩主は、柳生流の頂点にも立つ。

「馬鹿な。わたしの柳生流こそ正統です」

静次郎は反論し、破門された。これでは名古屋にいられない。

一度、大和の柳生の里も訪れたらしいが、去年、江戸に来た。

どういう気持ちでいるのか、訊ねた者はいないらしいが、やはり恨んでいるようだった。

「剣は捨ててはおるまい」

「わたしはずっと剣士のつもりだ。だが、浪人しながら剣で食おうと思ったら、用心棒か殺し屋くらいしかやれぬ。どっちも顔を見て断わられる」

柳生静次郎は、美男だが、幼さや人の良さを感じさせる顔立ちをしていた。顔で威圧するのにはまるでふさわしくない。依頼する側にしたら、頼りないことこの上ない。

「剣の仕事だぞ」

「尾張のためだろうが」

「金のためではどうだ？　五十両用意した」

と、懐から切り餅を二つ出して、畳の上に置いた。

静次郎の表情は硬いままである。

「金のために働いているが、尾張のためになることなら嫌だ」

「そなたの気持ちはわかる」

「では、帰ってくれ」

取りつく島もなかった。

七

村雨広はいったん新井白石の屋敷にもどった。

ちょうど白石が城から帰ったばかりのところだった。かなり疲れた顔をしている。もうじき家継の将軍宣下の式を控え、忙しさがつづいているのだろう。

「どうだ、村雨？」

「ええ。側用人さまには報告がいっていると思いますが、このあいだの刺客とは別の一派が動いていると思われます」

いまごろは桑山が、間部詮房に報告しているはずである。

「なんと」

うんざりした顔をして、

「見当はついているのか？」

と、訊いた。

「おそらく尾州さま」

「それは意外だ。吉通さまはそうした手段を好まぬ方のようだがな」

「では、将軍職に目がくらんだのでしょう」

村雨は遠慮のない口調で言った。

「われら大奥同心、たとえ相手が尾州公でも怪しければこっちから仕掛けますが？」

「む。それはかまわぬ。ぐずぐずしている場合ではないからな」

さすがに白石は胆も据わっているし、大事なことをわかってくれている。

白石のもとを下がると、綾乃が食事のしたくをしてくれた。

大きめのサバの切り身が焼かれ、おひたしにタクアンにネギの味噌汁。加えて生卵をつけてくれた。庭の鶏が産んだものだろう。

綾乃の料理はかんたんなものが多い。一つの材料が、一つの料理になる。余計な夾雑物はない。

かつて、月光院――もちろんお輝だったころである――に夕飯をつくってもらったことも何度かある。

いわゆるお裾分けだった。

お輝はいつも凝った料理をつくった。一つの料理に材料が三品や四品、混ざっていた。いろいろ工夫をしてみたくなるらしい。

材料の切り方も一様ではなく、大根が四角に切ってあったりもした。

ところが、味となるとあまりパッとしなかった。それぞれがぶつかり合い、お互いの味を消していたりした。

だが、村雨にはおいしかった。父が、

「お輝ちゃんの料理は見た目重視だ」

などと言ったことに腹を立てたりもしたものだった……。

村雨広は、綾乃の単純だがうまい夕飯を食べながら、そんなことを思い出して切なくなった。

夜五つ（八時）――。

志田とは田安門の前で待ち合わせて、元飯田町の料理人の家を訪ねた。

家の前に来たが、中は真っ暗である。

「ごめん」

村雨が戸を叩いた。

志田はすばやく裏手に回り、逃げる者がいないかを見張る。

何度か声をかけるうち、隣の窓が開き、

「おや、半兵衛さん、いませんか？」

昼間、顔を見せた隠居が、また声をかけてきた。

「ああ」

「じゃあ、今夜は吉原かな」

「よく、泊まったりするのかい？」

「ええ、花魁(おいらん)にもてているみたいですよ」

隠居は自分がもてたみたいに嬉しそうに言った。

「では、しょうがない」

「もどったら、なにか伝えましょうか？」

「いや、いいよ」

引き返すしかない。

もどりかけたが、村雨はすぐ足を止め、

「偶然かな?」

と、言った。あの二人がいなかったことがである。

いつもはいるのが、今日に限って留守にしたのか。

「偶然でないとすると?」

「昼に一度、訪ねて来ている。いまの隠居が伝えたということになるな」

「おい」

二人は走ってもどった。

このあいだ、ほんのわずかな時間である。

「ごめんよ」

隠居の家に声をかけた。明かりは見えているが、いきなり開けたりはしない。

あれはどう見ても、八十過ぎの爺(じい)さんだった。

返事がない。

戸を開けたが、さっきの隠居はいない。

「やられたようだな」

と、志田が言った。

「ああ」

村雨も認めざるを得ない。

――ん？

志田の肩先に黄金虫がとまっている。

とまっているのに、羽は広げている。緊張しているみたいである。

指でつまもうとしたら、さっと飛び立ち、夜の闇の中へ消えた。

八

翌日――。

村雨と志田が大奥に行って、絵島に料理人の半兵衛がなぜ大奥に来たのかを訊いた。

「それは天英院さまの紹介でしょう」

絵島は言いにくそうにした。前将軍の正妻である。側室の月光院付きである絵島には遠慮がある。

大奥同心としては、そのようなことを気にしてはいられない。

天英院を呼び出してもらい、

「料理人の半兵衛はどういう経路で大奥に呼び出されました？」

村雨は訊いた。

「なぜ、そのような？」

「きわめて怪しい者たちです」

どのような技を使うのか、それはわからない。

料理人を装うということは、もしかしたら毒を操るのではないか。

もう一人はまだ見当がつかない。

「まあ」

「天英院さまのお知り合いですか？」

「いえ、わたしに付いている女中から」

「では、その女中を」

遠慮なく呼び出してもらう。

「花野と申します」

「料理人の半兵衛は、お女中の紹介だとか？」

「はい。尾張では昔から知る人ぞ知る料理人でして、今度、江戸に店を出すというので、大奥の方々にも味わっていただこうと、来てもらいました。それがなにか？」

「きわめて怪しい者たちでござった」

「そうなのですか」

花野は憮然とした。

「お女中はどちらから大奥へ？」

「父は、尾張藩江戸屋敷にて用人をしております。わたしは父から、上さまのお役に立てと命じられまして」

「なるほど。ちなみにほんとの娘御か？」

「いえ」

養女だった。

何者かを潜入させようというときの常套手段である。

くノ一かもしれない。それは斬りつけてみればわかる。

刀に手がいきそうになった。

だが、くノ一であれば斬ることになる。

女を手にかけるのは忍びない。

村雨は天英院を見て、

「料理人の半兵衛とその弟子は、大奥に出入りさせないでいただきたい」

「なんですと」

天英院が怒った。

「そなた、たかが同心風情で、わらわに命令するのですか？」

「命令ではございませぬ。強く懇願いたしているわけです」

「嫌です」

「では、天英院さまには、早く西の丸にお移りいただき」

「無礼者！」

厳しい声である。

村雨も引かない。

すると、

「天英院さま」

襖の陰から声がした。

月光院が現われた。

村雨は頭を下げるのも忘れ、月光院を見た。

表情は硬かった。それでもこの人には、柔らかな寛大さがうかがえる。

――なんと美しい人なのか……。

村雨はじっと見つめた。

月光院は村雨の視線にかすかにうなずき、

「申し訳ありませせぬ、天英院さま。ですが、上さまのお命を狙う者が潜入している気配があります。怪しい者は、そうと決まったわけではなくとも、近づけないよう、この者たちに頼んでいるのです」

天英院をまっすぐ見て言った。

「それは当然のことです。わたしも上さまのおためとあれば、そのようにいたします」

月光院の真摯な訴えに心を動かされたらしい。

もとより、意地悪な人ではない。

それが子に恵まれなかったり、夫が急逝したりして、意地になっているだけだろう。

「あの者たちは、二度と大奥に近づかせぬようにいたしましょう」

きっぱりと言った。

半兵衛の報告を聞き、

「それは弱ったな」

柳生幽斎は顔をしかめた。

ここ、尾張藩上屋敷のほうへ、料理人半兵衛と供の者の、大奥への出入り禁止が伝えられたという。

毒殺師と、お膳を武器にする者が、大奥に入って行けなかったら、腕のふるいようがない。

「なに、また、知恵を絞ります。われらの術はそうした工夫も含めてのことですので。ただ、大奥同心たちは厄介ですな」

と、半兵衛は言った。

「うむ。手強い連中だ」

昨夜も危うかったのである。

やつらの話を盗聴できたので、ぎりぎりのところで逃げ出すことができた。あとすこし、やつらが早く気づいたら、幽斎も銀鼠も生きていなかった。まともに戦えば、年寄りとくノ一では勝ち目のない相手だった。

「上さまの前に、あいつらを始末させてください」

「毒でか？」

「毒の使い方もさまざまですので」

「わたしも、お膳でなくては戦えないわけでも」

と、脇から勘助が言った。

「ちと、待て。大奥同心には、ほかの駒をぶつけよう。なんといっても、狙いは将軍家継ただ一人」

「それはそうですが」

自分たちより腕の立つ者はいないのでは？　という態度である。

「ただ、半兵衛にはちと手伝ってもらいたいことがある」

「なんなりと」

「そなたの毒には、人の気持ちをとろかすようなものはないか？」

「惚れさせるとかですか？」

「まさに」

「それを飲めば惚れるという安易な惚れ薬はありません。ただ、気がゆるくなったところに惚れるような暗示をかければ、それはもうベタ惚れです。誰ぞを幽斎さまに惚れさせますので？」

「馬鹿を申せ。わしはもう、役立たずよ」

「ほう。そちらにもよく効く毒がありますぞ。ただ、心ノ臓が強く打ち過ぎて、中風(ちゅうぶ)になることがありますが」

半兵衛はからかうように言った。

「いらぬわ、そんなもの」

幽斎は憤然として断わった。

九

柳生幽斎は、柳生静次郎を訪ねた際、あの家にも盗聴を仕掛けていた。中の声は、長屋とは背中合わせになったお稲荷(いなり)さまの祠(ほこら)の脇で聞いた。

静次郎の暮らしぶりは一日盗み聞きしただけでだいぶわかった。

幼い娘がいた。

まだ五歳である。

藩を出るとき、妻とは別れたが、娘は連れて出た。別れるに忍びなかった。いまも目に入れても痛くないくらい可愛がっている。

「銀鼠」

と、くノ一の名を呼んだ。

「はい」

と、うなずいた顔はすべきことを悟った顔である。

翌日——。

その銀鼠が、柳生静次郎の長屋にいる。空き家を借りた。上野のほうにいて、飲んだくれの亭主と別れ、昔、住んだ深川に来た——という身の上である。

さっそく娘の小夏（こなつ）を手なずけた。

静次郎は忍者ではない。警戒心に乏しい。

だからこそ、刺客（しかく）として白羽の矢を立てた。

「小夏ちゃん、可愛いですね」

と、銀鼠は声をかけた。

「母がおらぬので、甘えたがるところがある」

「そうでしたか」

「そちらには、行かないよう、言い聞かせておきます」

「そんなこと、まったくかまいませんよ」

銀鼠は人のいい笑顔を見せる。


さらに翌日。

幽斎がまた静次郎の前に現われ、

「悪いが、娘をさらった」

と、言った。家には入らない。いつでも逃げられるよう、戸の外に立ったままである。

「おのれ」

静次郎は顔を真っ赤にして刀に手をかけた。

「待て、待て、待て」

「なにが待てだ。きさまらはほんとに卑劣な連中だな」

「それも認めるから、ここは無駄な戦いはするな」

「早く娘を返せ。さもないと藩邸に討ち入って藩主の命をもらうぞ」

この剣幕では、本当にやりかねない。

「それでも娘は助かるまい。それよりは、三人ほど、尾張の敵を殺してくれ。それで娘はもどすし、このあいだ示した礼金も支払う。そなたには、二度と近づかぬ」

「まことか」

「尾張藩から誓紙を出してもよい」

柳生静次郎はじっと幽斎を見て、

「わかった。それで、相手は?」

十

数日後――。

絵島が外に出るという話が、詰所にいた大奥同心たちに知らされた。

代参のあと、どこかに寄るらしい。

本来なら石垣の一件で、まだ調べたいところである。

「気になるな」

と、桑山は言った。

「ああ、後をつけたほうがよい」

村雨も賛成した。

「三人はいらぬか」

「では、おれはいい」

志田が降りた。三日月濠(みかづきぼり)のほうまで回って、石垣を調べるという。

村雨と桑山が後をつけた。

およそ四十人からなる絵島一行は、芝の増上寺(ぞうじょうじ)に参ると、中で坊主たちとしばらく歓談し、引き返した。

来た道を途中までもどり、芝口橋(しばぐちばし)を渡らず、右に折れた。

ここから三十間堀に沿って、芝居小屋が並ぶ木挽町(こびきちょう)の町並がつづく。

芝居小屋があると、芝居茶屋があり、料理屋があり、洒落た小間物屋も並ぶ。

行き来する客もふくめて、あでやかな町である。

「芝居見物ですかな」

と、村雨は言った。

「そうみたいだな」

絵島一行は、木挽町でももっとも大きな山村座に入った。大入りの札が出て、単独で入ろうとした者は断わられている。

「どうする？」

と、桑山は訊いた。

「あらかじめ席を取っていなければ、入れないでしょうね」

絵島に言えば入れてもらえるかもしれないが、絵島を見張っているのである。

「仕方ない。待とう」

「そうだな」

警備の広敷伊賀者も七、八人ほどついている。連中に見咎められたくない。

芝居はすでに始まっていた。

絵島は舞台を見つめるうち、すぐに主演の役者と目が合うことに気がついた。

絵島を見るたび、

きらり。

と、役者の目が光った。役者なら目を光らせるくらいはお手のものだろう。だが、その視線がなかなか離れないのである。

役者は、生島新五郎。

絵島の芝居見物は、このところ山村座ばかりである。

それはこの、生島新五郎見たさである。

指折りの人気役者だが、美貌の絶頂期は過ぎている。いま、四十四、五。渋みがきつくなっている。

だが、その渋みは絵島くらいの歳になると、たまらなく魅力的に見える。

大奥にも、生島新五郎贔屓は多い。長局の中二階は新五郎の役者絵がそこらじゅうに貼られているらしい。

ただ、恋ではない。

あくまでも、舞台の上の男である。

どうにかなろうなどという、だいそれた気持ちはない。

生島新五郎は、この十年以上、山村座で大看板を張りつづけてきた。それだけに態度も大きく、若手の役者は陰で、

「上さま」

と、呼んでいるらしい。もちろん、権力の大きさや態度のでかさを揶揄しての

ことである。

その生島が熱い眼差しで絵島を見つめる。

絵島は不思議な気がした。

――わたしではなく、ほかの者？

絵島は決して自信家ではない。むしろ、男に対しては初心と言ってもいい。吉宗に対しても、純な気持ちで好きになっている。

周囲を見た。だが、絵島の近くには、男好きしそうな若い女はいない。

――やはり、わたしを見ているのだ。

粘っこく、熱い目で。吉宗だって、あんな眼差しはしない。

いきなり罪の意識を覚えた。

なにかが耳元でささやいているような気もしてきた。ささやいているのは、生島新五郎なのか。それとも自分のなかにいる、もう一人の自分なのか。

絵島の胸がどきどきし始めた。

十一

芝居が跳ねると、絵島一行はその隣にある芝居茶屋に入った。

こっちは村雨と桑山も、どうにか潜り込めた。もっとも、

「酒はいい。飯だけ」

と伝えると、仲居からひどく嫌な顔をされた。

だが、一行はさほどのんびりもせず、すぐに引き揚げることになった。通し狂言が長引いたため、ぐずぐずしていると、お城の門限に間に合わなくなるのだ。別れぎわ、役者衆が挨拶に来て、絵島には主演の生島新五郎がなにかささやきかけていた。

絵島の頰(ほお)が紅(あか)く染まっていた。

そんな様子を遠くから見ながら、

「いい気なもんだな」

桑山が言った。

「ああ」

村雨はうなずいたが、大奥の女たちは籠の鳥にされているのだ。

むしろ、哀れな気がする。

ましてや月光院はもうどれくらい城の外に出ていないのだろう。浅草の裏町を飛び回っていた少女が、なぜこんな境遇にいなければならないのだろう。

一行が城に入るのを見届け、平川門内の詰所にもどるとすぐ、

「そういえば紀州だが」

と、村雨は切り出した。志田も収穫はなかったらしく、詰所でつまらなそうに茶をすすっていた。

「ああ。このところ、お座なりにしているな」

桑山も気にはなっていたらしい。

「諦めるわけはないよな」

「それはそうだ。だが、これぞという五人をわしらに倒された。腕のいいのを、国許から呼び寄せるのではないか」

「このまま向こうが動くのを待つのか？」

「いや、待つだけなら大奥同心はいらぬ」

「そうだよな」

　こっちから攻めて出るための部署でもある。

　しかも、尾張の攻めが一段落したら、などとは言っていられない。双方、同時に攻めて来ることもあり得る。

「どこか、屋敷に討ち入るか？」

　志田が訊いた。

「そうしよう」

　村雨は賛成した。突っついてどう出てくるか、それを見たい。

「猛獣屋敷でもいいぞ」

と、志田が言った。この前潜入した中屋敷である。

「いや、あそこはやめておこう。よしんば敵がいたにせよ、獣と忍者の両方を相手にするのは鬱陶(うっとう)しい。むしろ、ほかに討ち入って、そっちへおびきだそうぜ」

「紀州は屋敷が多いからな」

　桑山が言った。

「どこか、いいところはないか？」

　村雨は志田に訊いた。

「築地(つきじ)の突端に抱え屋敷がある。ここに、紀州忍者の頭領と目されている川村幸右衛門が出入りするという報告はある」

伊賀者はさすがにこうした調べは行き届いている。

「その頭領の顔は？」

「一度、見ている。京都に日本中の忍びの者が一堂に会した際、拝ませてもらった」

「それはいい」

むろん、そうそう都合よくは出会えないかもしれない。

だが、そこを大奥同心が襲えば、紀州忍者の頭領に宣戦布告したことになる。

黙って引っ込んでいることはないだろう。

「立て籠って呼び出す手だってある」

村雨は大胆なことを言った。

「面白い。そいつを捕まえてすべて吐かすか」

桑山が立ち上がった。

築地の紀州藩抱え屋敷は、じっさい海に突き出すようにつくられていた。

波の音が絶えずしていて、かすかな物音などは消してしまう。

「ここなら、どこからでも侵入できる」

と、志田が言った。丈夫な細い紐も持ってきている。先に塀を越え、この紐を垂らしてやればいい。

海側は、石垣が築かれ、塀と海のあいだは人ひとりがやっと通れるくらいの道になっている。船着き場もあり、小舟が一艘、係留されていた。

「ここらでいいか」

志田が訊いた。

「ああ、いざというときはその舟をいただいて逃げよう」

桑山が言った。

低い塀である。内側から松の枝が出ていたりして、忍び込むのは楽そうである。

志田、桑山、村雨の順で塀を越えた。

明かりはほとんどない。警戒も薄い。

「釣りでもするための屋敷なのか？」

と、村雨は志田に訊いた。

「紀州から船荷がたまにあるらしい」

「なるほど、みかん屋敷か」

塀の中に、蔵が並んでいる。

大奥同心の三人は知ることはなかったが、この屋敷にたまさか紀州忍者の頭領・川村幸右衛門が待機していた。ときおり出入りはしていたが、鉢合わせになったのは、幸運以外の何物でもない。

紀州から、新たな忍びの者が来る。幸右衛門は、その到着を待っていたのだ。すでに三人が来て、中屋敷に入っているが、あと二人加えて五人を手元に置きたい。

これで吉宗を将軍にするための仕事をやり遂げてしまいたかった。

ただ、これから来る二人は、忍者としては優秀でも、山から出て来た熊のような者である。いきなり江戸に放てば、どんな騒ぎが持ち上がるかわからない。しばらくはこの屋敷で心構えを説き、江戸の水に慣らさなければならなかった。

――ん？

一瞬、妙な気配がした。

だが、波音が気配を消してしまう。波音というのは、一定の調子があるように思われがちだが、決してそんなことはない。方々の岩にぶつかって波を立てたりして、音はつねに不安定に重なり合う。つまり、人の動き、人の気配とよく似ているのだ。

目を閉じ、全身の感覚を研ぎ澄ませた。

やはり、誰か来ている。

だが、波音で気配が探れない。

まったくこの屋敷はしょうがない。

胸騒ぎがしてきた。

――やつらを連れてくればよかった……。

待機している三人である。一人は重要な任務で出ているが、あと二人は吉宗のそばにいる。尾張がこっちの意図に気づいて、反撃してくるのを警戒しているのだ。

幸右衛門は、めずらしく後悔していた。

武器を確かめた。

短い刀が一本あるだけである。ここまで年老いた中間のなりで来た。

もともと手裏剣(しゅりけん)は得意ではなく、あまり使わない。

――せめて火薬があれば……。

だが、ここには用意していない。

幸右衛門は、一つ大きく息をした。

人の命はふいに絶える。

それはさんざん見てきたことである。

それどころか、そうしたふいの死をさんざん与えてきた身である。

だが、おのれの死がふいにやって来ることは予想していなかった。

——わしにはまだまだ、やることがある。

というより、それをやり遂げなければ、いままでしてきたこともすべて水の泡となる。

このまま吉宗に天下を取らせても、しょせん、この川村幸右衛門は、陰の者に過ぎない。してきたことがしてきたことゆえ、表には出られない。

下手したら、伊賀者が得たような地位すら得るのは難しいだろう。

なんとしても、中枢に居座らなければならないのだ。

——では、どうしたらいい。

それはもう明らかだった。その計画も着々と進んでいて、いまはとりあえず、吉宗に天下を取らせなければならない。

そのわしが、なぜこんなところで死ななければならないのか。理不尽だった。

せめて、あやつらが成功してくれたら、すこしはあの世で溜飲を下げられるかもしれない。

人の世を猿が翻弄するという皮肉で……。

十二

村雨たち三人が明かりのある部屋を取り巻いたときである。

後ろからいきなり、一人の剣士が飛び出して来た。

「とあぁっ」

村雨が刀を合わせた。

大きく火花が散った。それだけ鋭い剣である。

「何者？」

「柳生静次郎と申す。そなたたち三人の命はもらう」

なんと名乗った。まさか名乗るとは思わない。気を削ぐための掛け声のつもりだった。

「柳生だと？」

江戸柳生も没落した。

これほどの剣士がいるのは、尾張柳生だろう。では、あの一味である。

しかし、刺客が名乗るものだろうか。

村雨広は、考えながら、この柳生静次郎の剣を受けつづける。

途中、脇から志田小一郎が手裏剣を放った。

これを軽く弾くと、柳生静次郎の剣から細い手裏剣が飛び出した。

「うわっ」

志田がぎりぎりでかわした。

剣そのものにさまざまな仕掛けがある。

藩主が邪道と侮蔑(ぶべつ)したものである。

「なんという剣だ」

村雨広も目を瞠っている。

「悪く思うな。娘の命がかかっているのでな」

「娘の命？」

どうもこの刺客は、なにかおかしい。

柳生幽斎が、ずっと柳生静次郎の後をつけて来ていた。

大奥同心の帰りを待っていたが、夜になって三人で平川門を出ると、築地のほうへとやって来た。

静次郎は、三人いっしょに相手をするつもりらしい。

いくら静次郎でも、それはまずい。

幽斎は静次郎に声をかけ、今宵は止めようかと思ったとき、大奥同心の三人は海辺の屋敷に潜入した。

しかも、止める間もなく、柳生静次郎も後を追った。

——おい、ここは……。

なんと紀州の抱え屋敷ではないか。

——これはまずい。

柳生の者が、紀州藩邸に入り込み、刀をふるったりしたら、尾張忍者と紀州忍者の全面戦争になりかねない。それはまったく望むことではない。

娘を人質に取ったのはまずかったかもしれない。

あの男はこうした事態に巻き込むような男ではなかったか。

幽斎は耳を澄ました。静次郎の背中につけた黄金虫からの声は届いてこない。波のせいなのである。

風よりもむしろ、この波が、盗聴にはいちばんの敵なのだ。

「まったく海辺の屋敷はこれだから嫌なのだ」

幽斎は舌打ちした。

「村雨、気をつけろ。刀からなにか飛び出してくるぞ」

志田が刺客の脇に立って言った。

「ああ」

たぶん飛び出すだけではない。

刀の鍔に新たにおかしなものが取りつけられた。

カギのようなかたちをしている。刀から枝が生えたみたいになった。

こんなことをしなくても、この男はかなり強い。それをさらにこの妙な工夫で目先を惑わせようとしているのだ。

だが、剣を道という精神面を重視するような捉え方ではなく、武器という原点に立ち返ったとき、こうした剣は当然あり得るのだ。

むしろ、塚原卜伝の剣も、そちらに近かったのではないか。

そして、柳生新陰流も卜伝の新当流の流れを汲んでいる。この剣は、意外に邪道ではないかもしれない。

——腕のいい忍者より厄介だな。

となれば、あの剣をくり出すしかない。

村雨はもう一本の刀も抜き放った。どちらも短めで細身の剣である。しかも左右同じ長さになっている。

村雨広の秘剣月光。

右の剣と左の剣がばらばらに動き始める。法則も型もいっさいない。

夜の中で剣の光が霧のように広がり始める。

「おぬしの剣も妙だな」

柳生静次郎は言った。

声音は、見知らぬ剣への純粋な好奇心に充ち溢れている。

「それは、まさか、卜伝の新当流か？」

「ああ、そうだ」

言いながら村雨広は思う。

——この男、斬るのは勿体ない。

十三

この屋敷で、もう一つの動きがあった。

明かりのある部屋に忍び寄っていた三人だったが、いきなり別の刺客が現われ、村雨と志田がそっちに専念している。

だが、この騒ぎで、襲撃に気づいた中の男が、急いで逃げ出していたのだ。

「あっちはわしにまかせろ」

桑山がそう言って、逃げた男を追った。

抱え屋敷とはいえ、ここはかなりの広さがある。こっちが本来の目的である。およそ六千三百坪。幕末になると、腕の衰えた武士のため、武芸の訓練機関である講武所がつくられ、勝海舟や大村益次郎らが教授をつとめるところとなる。

庭はないが、蔵が並び、迷路のようになっている。

そこを男が逃げて行く。重なり合うような蔵の白壁に、月の光が一瞬ずつ、影を映し出す。それは鼠のようにすばやく、白壁から闇に消える。

だが、鍛えた武芸者は、すばやく動くものさえはっきり見て取ることができる。

白髪（しらが）頭である。足取りに衰えはないが、もはや壮年の武芸者ではない。

蔵と蔵のあいだを走ったとき、

「いまだ」

桑山が、駆けながら矢を放った。

矢は太股（ふともも）を貫いた。狙いどおりである。

「うわぁ」

男は地面に転がり、壁に背をつけるように座った。

だが、迂闊（うかつ）には近づけない。

この男、武芸者とは言いにくいが、異様な迫力を感じさせる。

もしかしたら、紀州忍者の頭領と出逢えたのか。

「覚悟した。こっちへ来いや」

妙なしぐさをした。

桑山は弓を構えたまま近づいた。

男は笑っている。手をひらひらさせている。

「なんでも聞いてくれ。わしの言葉を聞いてくれ」

妙な抑揚のある声である。

――なんの術だ？

と、思った途端、桑山喜三太から敵意が消えかけた。

だが、身体のほうが動いた。

ひゅう。

と、矢は放たれた。

男の胸の真ん中に命中した。

「撃つでない、撃つでない。撃てばその矢はおのれに当たるぞ」

苦しげに顔を歪めて言った。

たしかにそんな気がした。矢がいきなり向きを変え、おのれに突き刺さる。

だが、その思いも断ち切って、さらに矢を放った。

それは喉（のど）を貫き、首を後ろの壁に貼りつかせた。

「殺したことにすればいい。だが、おぬしのことはきっと、どこかで見張っているぞ」

幽斎の耳に、ようやく声が聞こえた。

すぐ近くに来ているのだ。

殺したことにすればいいだと？

どこかで見張っているだと？

聞き覚えのある声である。村雨の声だろう。

門の扉が開き、四人の男たちが飛び出して来て、すばやく周囲を探った。

——なんてことだ。柳生静次郎のやつ、裏切りやがった。

幽斎は逃げた。

「おい、幽斎。待て」

後ろで柳生静次郎が呼ぶ声がした。

幽斎は舟に飛び乗った。さっき逃亡するための小舟を見つけておいた。深川ではない。南のほうへ向かう。

もう、静次郎の娘のことも、どうでもよかった。

深川蛤町の長屋である。

くノ一の銀鼠は、小夏の相手をしていた。

「では、次、八つ玉ね」

銀鼠は、空中に八つのお手玉を浮かし、それを次々に回転させた。

くノ一のお手玉である。手妻（手品）師にさえ難しい技をやる。

長崎から広まった遊びのけん玉などやって見せたら、皆、目を剝いてしまう。

「凄い、お姉さん」

「じゃあ、小夏ちゃん、やってみて」

小夏は、八つは無理だが、なんとか四つに挑戦しようとしたが、

「チチ、遅いなあ」

と、言った。

父上ではなく、チチと呼ばせているらしい。町人のおとっつぁんでもない。その呼び方が浪人という立場を示している。

それにしても、この小夏は人懐っこくて、ほんとにかわいい。

自分もくノ一から足を洗い、子どもをつくりたい。

だが、そんなことが本当にできるのか。

くノ一を抜けたら、殺されるまで追いつづけられるという話はよく聞く。

だとしたら、子どもなど持てるわけがない。

そのことを考えると、憂鬱になるだけである。

「もう、そろそろもどるよ」

ちょうどそう言ったところに、柳生静次郎が帰って来た。

見事にあの三人を倒したのか。

「柳生さま」

「娘を生かしておいてくれたか。礼と言ってはなんだが、そなたの命も助けよう」

後ろに大奥同心の三人が現われた。

「まさか？」

「この人たちに手を貸すことにした。わしは、尾張のためには働きたくないと、何度も言ったはずだぞ」

と、柳生静次郎は言った。

十四

翌日のことである。

日本橋のたもとに、とんでもなくだいそれた予言をする易者が現われた。

易者は手にした水晶玉をのぞきながら、

「この国に新しい王者が誕生する日に、天から巨大な星が降って来るだろう。それは王者が住むお城に衝突し、誕生したばかりの幼き王者は、星に撃たれて命を落とすだろう。なんと悲しいことが起きるのだろうか」

大きな声で喚いていた。

これを聞いた者は、足を止め、ささやき合った。

「おい、王者が誕生する日って、もしかしてまもなくおこなわれる宣下の式のことじゃねえのか」

「そうだよな」

「その日に星が降って来ると言ってるぞ」

「ああ、おれも聞いた」

「しかも、幼き王者が命を落とすって、それは家継さまのことじゃないか」

「そうだよ。あの易者、とんでもねえことをぬかしてるぞ」

「でも、見なよ。冗談を言っているふうには見えねえぞ」

このとんでもない予言のことは、すぐに町方に知らされた。

「どけ、どけっ」

奉行所から同心や足軽たちが駆けて来たが、そのときはもう、易者の姿は影もかたちもなかった。

この易者を、ちょうど日本橋に近い紙屋に用があって来ていた綾乃が目撃した。易者はさんざん通行人をざわつかせたうえで、役人たちが駆けつけるのを見ると、すばやく逃げ去ったのである。

その逃げっぷりときたら、

――まるで猿のよう……。

と、思ったほどだった。

それにしても、なんと恐ろしい予言だろう。幼い上さまが星に撃たれて亡くなるなんて、誰が想像するだろう。

それは、もしかしたら村雨広がいま関わっている仕事とかがからんでいるのではないか。

このひと月ほど、村雨はよほど危険な仕事に関わっているのではないか。もちろん当人は言わないし、父に訊いても教えてはくれない。

だが、村雨の顔を見ればわかる。

それ以前の村雨というのは、なんとものんびりした男だった。剣の腕が立つというのは聞いていたが、あまりそんなふうには見えなかった。斬り合いなども好まない、穏やかな性格に見えた。

いつも、どこか遠くを見ているような。

綾乃は書物を読んだり、たまに町へ出かけたりするたび、自分はなんと小さな人生を送らなければならないのだろうと思っていた。村雨という男が新井屋敷にやって来たとき、綾乃の人生が大きく広がるのを感じた。

——もし、村雨さまになにかあったら……。

この先、なにを望みに生きていけばいいのか。

綾乃は祈った。

——どうか、村雨さまが無事であるように。

一方——。

「母上、怖いです」

家継がしがみついている。

「どうしたの？」

「天から降ってきます」

「なにが？」

「わかりません。星のような、火のような」

「そんなことはありません。皆が上さまをお守りするのですよ。そんなことがあるはずありません」

月光院は力を込めて言った。

「さあ、母の膝に来て」

「うん」

家継は言われるまま、月光院の膝に座った。

母が後ろからやさしく包み込み、頬をつけたことで、ようやく少し安心したらしい。

「なぜ、そんなことを思われるのです」

「わからない。でも、ふうっと瞼（まぶた）の裏に浮かぶのです。お城の天井が焼け落ち、大きな火の玉が降って来るところが」

「そうなっても、この母が、上さまをお守りしますよ」

「相手は星でも？　火の玉でも？」

「はい」

月光院はうなずいた。

そのときふっと村雨広の顔が思い浮かんだ。

――わたしはいまも、村雨広を好きなのだろうか。

かつて浅草の裏長屋で村雨のことを思っていたのと同じ気持ちで、村雨を好きなのだろうか。

将軍の寵愛を受け入れ、将軍となる男子を産み、将軍の母として扱われながら、かつてと同じ気持ちでいられるのか。

守って欲しい。

そんな願いを込めて、月光院は家継に言った。

「大丈夫。村雨さまがきっと守ってくれますからね」

第三章　流星

一

「川村幸右衛門が殺されるとはな」

徳川吉宗はつらそうに呻いた。

紀州忍者の頭領だった。幸右衛門の力があったからこそ、吉宗はここまで来られた。

藩主になる際も助けてもらった。

「恩義は忘れぬ。わしが将軍になった暁には、かならずやそなたの苦労に報いるからな」

と、吉宗は胸に誓った。

それにしても、死にざまは気になる。

幸右衛門は、紀州から来る忍びの者を待って、築地の抱え屋敷にいたという。

築地の抱え屋敷は海辺にあり、紀州からの船荷があるときなどに使うくらいで、ほとんど人けもない。ふだんは、数人の若い者と、門番や下働きが数名、都合十名ほどが詰めているだけだった。

その者たちは死闘にまるで気づかなかったという。

「なんというざまだ」

吉宗は、幸右衛門の倅の右京を責めるように言った。

「申し訳ありません」

「幸右衛門は、弓矢でやられたのだな?」

「はい。太股に一本、胸に一本、それと喉におそらくはとどめの一本が突き刺さっていました」

「大奥同心に弓矢の達人がいたな?」

「はい。たしか、間部の家来で桑山喜三太という者」

「あいつらのしわざか」

向こうから討って出て来たのだ。

なんというやつらだろう。

そもそも、大奥の中に閉じこもるのではなく、外から大奥を守るという発想からして並ではない。

それが月光院から出たということを、吉宗は絵島から聞いている。

「女もしたたかよの」

と、吉宗はつぶやいた。

ともあれ、紀州忍者は頭領を失ったのだ。

「右京」

吉宗は右京を強い視線で見た。

この倅は、父に似ていない。術者としての技量はもちろんだが、幸右衛門の底知れなさが、この倅にはまるでない。こざかしく、こずるく、そのくせ野心もなく、ただ仕えるだけの男。それは、使う側にとってひどく物足りない。

「は」

「そなたが、新しい頭領だぞ」

「わたしには」

と、ひるんだ。

「どうした？」

「荷が重すぎます」

分は心得ているらしい。

「そなた、父から頭領としての心得を説かれたことはないのか？」

「いえ、ありません」

「ほう」

幸右衛門の倅で、生きているのはこの末っ子である右京だけのはずである。兄が二人いたが、吉宗が紀州藩主になる前に、死んでいる。あとは、孫娘が何人かいるだけだった。

右京に頭領の座をゆずらぬとすれば、誰にゆずるつもりだったのか。いかな幸右衛門とて、永遠の命を得られるわけはない。当然、それは考えたはずである。

——奇妙なことよ。

そもそもが、吉宗は幸右衛門と会わなかったら、将軍はおろか、紀州藩主ですらなりたいとは思わなかっただろう。

とはいえ、直接、幸右衛門から野心を吹き込まれたりしたことはないのである。

なぜか、幸右衛門と会うたびに、おのれの欲望が膨れ上がっていった。そして、本来なら来るはずのない、紀州藩主の座を勝ち取ったのである。

——まさか、あやつ……。

吉宗は、幸右衛門とした話を思い出していた。

「……要は使い方なのです。わたしがおのれの天下のためでなく、吉宗さまの天下のために動けば、個々の目的だけを達成することはでき、吉宗さまの野望が損なわれることはありません……」

幸右衛門はそんなことを言った。

——もしかしたら、わしはあいつの心術に踊らされてきただけではないのか。

背筋が寒くなった。

吉宗は、初めて川村幸右衛門と会った日のことを思い出した。

十六歳。

まだ越前葛野（えちぜんかずらの）藩三万石の藩主だったころである。越前とはいえ、葛野藩は紀州藩の支藩であったため、吉宗はずっと紀州にいた。

鬱勃（うっぼっ）としていた。

どんな理由だったかは思い出せない。そういう若者だったとしか言いようがない。

浜辺に馬を駆ったとき、幸右衛門は突如、波の中から現われて、吉宗の前に立ちはだかったのだった。

「何者だ、そなた！」

「あなたさまに天下を取らせようとする者」

そう言って、光るような笑みを浮かべたのである。

それから幸右衛門は、半年ごとくらいに吉宗の前に現われた。そのつど、吉宗の野望に火がつき、じっさい運命は好転した。

そして、いまや吉宗の野望は最終の局面を迎えようとしている。

ここに至ってなお、幸右衛門が跡継ぎをつくらずにいたということは――。

あいつはやはり、おのれの天下のためにいままで動いてきたのではないか。

わしが将軍になる。あいつの孫娘を大奥に入れ、わしの子を宿らせる。あとはおなじみの手法だろう。

わしはもとより、本来継ぐべき者たちが、それこそ次々と死んでいくのだ。

いや、一人ずつではさすがにおかしかろう。そのときは、この城にいるとき、まとめて焼け死ぬとか、まとめて船に乗せて転覆させるとか、そういったことまでやらかすのだ。

そして、あいつの孫娘の子がわしの跡継ぎとなり、あいつは幼将軍の後見人となればよいだけ。

まさに、あいつは天下を操り、おのれの血を将軍の血とすることができる。

――なんというやつ。

怒りはなかった。むしろ、呆(あき)れた。

だが、吉宗が幸右衛門のおかげでここまで来られたことを思えば、それは夢物語でもなんでもないのである。

幸右衛門の一族は、なんとしてもわが配下として抑え込んでおかなければならない。第二の幸右衛門を産み出してはならないのである。

「ならばわしが頭領となる。よいか?」

と、吉宗は言った。

「もちろんです」

「今日からお庭番(にわばん)という組織を発足させる。紀州忍者は、わしの手先となって動いてもらう」

二

昨夜、柳生幽斎は、命からがら逃げ帰って来た。

いったん舟で沖へ逃げ、追って来ないのを確かめたうえで、上屋敷を避け、四谷北伊賀町にある尾州藩の抱え屋敷に入った。

ここは忍びの者も頻繁に利用する屋敷であり、連絡役の者も待機している。

幽斎はしばらく立ち上がれないほど困憊していた。

銀鼠はまだもどっていない。殺されたか、あるいはもどるにもどれず、くノ一を抜けたのかもしれない。

抜けたなら追っ手を出して始末しなければならない。

だが、そうした瑣末なことは、すべてこの大仕事のカタがついてからである。

大奥同心は相当手強い相手である。いまの将軍家に、あれだけの武芸者が揃えられるとは思わなかった。

放った手駒は、逆に向こうに取られた。

柳生静次郎は、われらに歯向かうことになるかもしれない。忍びの者が動いていることに関してはなにも知らないが、敵に回れば、こっちのことも洩れてしまうだろう。

まさかこんな事態になるとは予想していなかった。

こうなれば、あの三人には、なんとしても成功してもらいたい。

家継派も、玉を失えば壊滅するし、将軍の座さえ手に入れば、われらがしたこともすべて正義の戦略となるのだ。

あとは、吉通さまの出番である。

川村幸右衛門は、われらを利用しようとした。

それはむしろありがたいことだった。

そうでもしないと、われらもふんぎりはつかなかった。

――まさか、直接、将軍暗殺まで試みるとは。

幸右衛門はもしかしたらとんでもない野望を抱いていたのかもしれない。忍びの者ごときが持てないはずの野望を。

とすれば、それはわれらにとっても大きな教訓となってくれるのではないか。

あの紀州藩邸にはおそらく幸右衛門がいた。

この数日、あそこに詰めていた。

理由はわかっている。紀州から第二、第三の忍者たちがやって来るのだ。あいつはそれを待っていた。

おそらくそこで、次の手の準備がなされるはずだったのだろう。

幼将軍の落命。そして、吉宗が将軍の座に就くための気運づくり。同時に家宣さまから指名があった、わが尾張の徳川吉通の排除。

しょせん紀州とは全面戦争になる運命だったのだろう。

幸右衛門は昨夜のどさくさで無事だったのか。

おそらく、ああして大奥同心と柳生静次郎が出て来たということは、あそこで殺されてしまったのではないか。

——まったくこの世では思いがけないことが起きる。

こういうときは、いかに相手の思惑を知っているか、それが勝敗のカギを握るのである。

柳生幽斎は、方々に盗聴を仕掛けるため、老いて疲れ果てた身体を、のそのそと動かしはじめた。

三

「綾乃さん。この子をよろしく頼みましたぞ」

村雨広は、柳生静次郎の娘である小夏の背を押すようにして言った。

「はい、わかりました。小夏ちゃん、よろしくね」

綾乃はかがみ込み、五歳の小夏と顔の位置をいっしょにして微笑みかけた。

「こちらこそ、よろしくお願いします」

小夏は人懐っこい性格らしい。はにかみつつも、さっそく綾乃の肩にもたれるようなしぐさをした。

尾張忍者に居所を知られ、なおかつ歯向かうことになった柳生静次郎の娘は、新井家で預かってもらうことにしたのである。

これで柳生静次郎も憂いなく大奥同心に協力してくれるはずである。

さっそく綾乃と遊びはじめた小夏を見て、

「かたじけない。なんとお礼を言うべきか」

柳生静次郎は村雨に頭を下げた。

「いや、礼はいい。そのかわりと言ってはなんだが、尾張忍者のことをお教え願いたい」

「わかった。ただ、その前に、あのときの剣はどういう剣だったのかをご教授いただけないか」

「気になったかな」

「それはもう。もともとあなた方にはなんの恨みつらみもないのに、あの剣と向き合い、戦う気はたちまち消え失せた。武芸者として、とんでもない剣を見ていると直感したからだ」

「あれは、塚原卜伝が編み出したという〈月光の剣〉というもの」

「噂では聞いたことがある。一の太刀、笠の下につづく第三の秘剣があると。しかし、それは剣理すら定かでないと」

「弟子が書いたというものはあった。偽書だという意見が多かった。だが、わたしは本物だという気がしたのさ」

「ほう」

「ところが、型や構え、手さばき足さばき、いっさい書かれていない」

「それでは学びようがない」

「そうなのだ。わたしも、何度も諦めかけたが、ここの娘が二本の木刀を持っているのを見て閃いた」

「剣がいくつもあるように見えたが」

「そう見えるだろうな。これが剣理だ」

と、村雨は筆を取り、書いてみせた。


月光の剣は、上段にあると同時に、下段にもある。

右にあると同時に左にある。

動けばそれは、線であると同時に波である。

波かと思えば、線である。

この剣を遣うものは、生きていながら同時に死んでいる。


「これは秘伝の剣を記した書きつけの文句なのでは？　それをわたしが見せていただいてよろしいのか？」

「秘伝なのかどうかはわからぬ。誰もできないから、自然と秘伝のようなことになったのではないかな」

「教えはこれだけなのですか？」

「これだけだよ」

「これであの剣を？」

「ああ」

「ならばあれは、卜伝の剣というより村雨どのの剣でしょう。ここからあの剣を編み出すなど、できることではありませんぞ」

さすがに柳生静次郎は一級の剣士なのだ。この剣捌きがただならぬものであるのを、ざっと読んだだけで理解したのだ。

じっさい村雨がこの意味を咀嚼し、かたちにするまでには、途方もない苦労を味わった。完成のきっかけは綾乃の言葉にあったが、そこに至るまでの膨大な試みがあってのことである。

「たしかに卜伝の剣とはまったく別なのかもしれない。だが、この書きつけの文句がなければ、月光の剣はぜったいに生まれていない」

「あれを見ると、わたしの剣に対する試みは、恥ずべきもののような気がしてきます」

柳生静次郎はそう言って、頬を赤らめたのである。

「剣のことはさておき、われらは尾張忍者の将軍暗殺を防がなければならない」

「ほんとうにそんなことがあるのですか？」

「つい半月前には、ほかのところから忍者が大奥に潜入し、危うい目に遭っている。そして今度また、ほかの忍者たちが動き出している」

「それが尾張だと？」

おのれの心が清澄であると、他人の邪悪さは信じられなかったりする。柳生静次郎はそうした人格の持ち主なのだ。

敵の邪悪さを見て取る村雨自身は、おそらくどこかに邪悪な気持ちを抱えているのだろう。

「半月前の忍者は、紀州の吉宗公からの刺客」

「次は尾張ですか」

「家継さまが亡くなれば、尾州公に将軍の目が出てくる」

「それはそうですが、そんなだいそれたことを……」

「するのだろうな。権力のすぐそばにいると」

「幕府側が直接、糾弾（きゅうだん）することはできないのですか？」

「証拠がない。しかも、尾張藩は身内であるし、幕府内にも尾張を支持する者は多い。おおっぴらに騒げることではない」

「たしかに」

「まずは襲撃から上さまを守らねばならぬ」

「して？」

「先日、腕のいい料理人と、供の者を装って、大奥に潜入して来たやつらがいる。それについて、思い当たる者はいないか？」

「料理人として潜入しようとした？　それは、たぶん毒盛り半兵衛と呼ばれている男でしょう」

「毒か」

「まったく卑怯（ひきょう）で厄介な手です」

「だが、将軍にはかならず毒味役がつくぞ。その者に異常があれば、口にすることはないだろう」

と、村雨は言った。

「ところが、半兵衛の毒はそんな単純なものではないらしいです。かんたんには死なないが、ひと月ほどして死んだりもするし、毒味役は大人だから効かないが、子どもは小さいので効くといった毒も使うのです」

「それはまた」

村雨広は、嫌悪を表情に露わにした。

毒などというのは、猫入らずのようなものをひそかに食べさせるという、卑劣なだけの単純な手口と思っていたが、そうではないらしい。おそらく、かなり広範な毒の知識を有しているのだ。

それもまた、忍びの技のうちなのだろう。

「だが、大奥への潜入は防げるのでしょう？」

と、柳生静次郎は訊いた。

「いや、接近しなくても毒なら遠方からでもやれる。供の者のほうも忍者と思えるのだが」

「ただ、供の者というだけですか？」

「いまのところはな」

「それだけだと、ちと」

「それと、お城の石垣が一つ外されて、わからないように小さく砕かれてあった。だが、石が無くなったようには見えないのだ。石垣の中に忍者が隠れているのだろうか。まるで虫かなにかのように」

「それは、もしかしたら三年太郎と呼ばれる忍びかもしれません」

柳生静次郎は気味悪そうに顔をしかめて言った。

四

三年太郎は、地下に忍んだまま、穴を掘り進めた。

穴を掘ること自体は楽だったが、面倒なのは土の始末だった。掘った分を捨てなければならない。できるだけ小さな穴にしているが、それでもかなりの量になる。

これは下の濠にまいているのだが、濠の水が土で濁ったりすれば怪しまれるので、水の色には気をつけながら捨てつづけた。

昨日にはついに大奥の下に辿り着き、穴から這い出すことができた。

これで大奥の床下を自在に歩き回ることができるようになった。

ここまで来たら、あと一息だった。

あとは幼将軍がいるときを狙い、お付きの者ともども殺害し、逃走する。

三年太郎は相討ちなど考えない。やけになって仕事をすることもない。

かならず無事に帰って、褒美と称賛をわがものにする。

今度の仕事の褒美と称賛はどれほどのことになるか。

「あはっ、あははは」

嬉しくて、つい声が出たくらいだった。

幼将軍の寝間も突き止めた。

子どもゆえ、大きな声を出す。

「母上、もう寝ますよ！」

「上さま、先におやすみしてもいいのですよ」

「いいえ、わたしは母上といっしょに寝たいのです」

こんな声のやりとりをしてくれたのだ。

三年太郎はすぐその下に居座り、工作を始めた。

さすがに大奥の造りは手が込んでいる。

床下は二重になっていて、これでは隙間風すら入り込むことができないくらいだった。

真上だと音が直接響くはずである。寝ていれば、真下の音はすぐに察知されてしまう。

「なにやら床下で妙な音がしています」

これで、いままでの努力も水の泡となる。

小刀を取り出し、版画でも彫るみたいにして、板を一枚ずつ切り離していった。

二重の板を外し終え、急に突風が吹き込んだりしないよう注意して上の部屋に頭を出したのは、まだ明け方になる前であった。

すぐそばで幼将軍がぐっすり眠り込んでいた。寝顔はそこらのガキと少しも変わらぬ、無邪気な顔だった。

隣には母である月光院も寝ていた。母も穏やかな顔で寝入っていた。

警護の者は襖（ふすま）を開けた隣の部屋に、体格のいい女が二人、薙刀を抱えて座っている。二人とも頭を深く落とし、眠りこけているのは明らかである。

もっともたやすい状況が眼前にあった。

上に出るまでもない。ここから手を伸ばし、幼い将軍の喉を掻き切り、そのまま姿を消せばいいことだった。

まだ陽が顔を出す前に、三年太郎はこの城から脱出できるはずだった。

だが、三年太郎は急がなかった。

それは、匂（にお）いのせいであった。

大奥はいい匂いがした。女たちの使うお香や匂い袋、白粉や髪油のせいだろう。

三年太郎は匂いにも敏感である。

ちょうど虫たちが花の匂いに集まるように、三年太郎もいい匂いに弱い。

しかも、ここの匂いときたら、さすがというほどたまらない匂いだった。高貴であり、爽やかであり、甘やかであり、しかも卑猥だった。

――たまらんな、これは。

この匂いに包まれるようにして寝てみたい。

下手をしたらそれは、帰ってからの褒美や称賛にもまさる喜びだった。

千人を超す女の匂い。

それは吉原でも嗅ぐことはできない。安化粧の匂いというだけではなく、ここには飢えた男の臭いは混じらないのである。

純粋な、しかも若さのまさる女だけの匂い。

日本国中探しても、ここでしか嗅ぐことはできない。

――せめて一晩。

このささやかな望みが、三年太郎の決行を遅らせた。

五

村雨広は、柳生静次郎を連れて、平川門内の大奥同心詰所にやって来た。すでにこちらに入っていた桑山喜三太と志田小一郎に、静次郎から聞いた話を伝えた。

「では、三年太郎はすでに大奥の下に潜入しているかもしれないのか」

と、志田は言った。

「おそらくな」

「よし、床下を一回りしてくる」

「いや、ちょっと待て。いきなり床下におりても、三年太郎は掘った穴から逃げてしまうだけだ。まずは、入った穴を見つけてからだ」

「たしかに」

「わたしは、やはり桑山さんに矢を当ててもらった石が怪しい気がするのだ」

「確かめよう」

桑山たちは柳生静次郎も連れて、大奥の裏手に出た。

ここから石垣の縁まで出て、下をのぞき込む。

「たしか、上から四つ、左から十二だった。そのあたりだな」

「よし」

志田が石垣を伝いおりて行く。

さすがに忍びの者は違う。これほどの高さでも、掘割に落とした下駄(げた)でも拾うように、臆(おく)するようすがない。

当の石を叩いたりしていたが、

「あっ」

と、声を上げた。

「どうした?」

「ほら、これ」

志田が手にしたのは、板のように薄い石だった。

「これで蓋(ふた)をしていたのだ」

「だから、矢は弾いたわけか」

桑山が悔しそうに言った。

「穴はずっと奥までつづいている。おれは、こっちで逃げて来るのを待ち伏せたほうがよさそうだ」

「よし。わしらは大奥の中からおりよう」

志田と、大奥には入れない柳生静次郎を残し、桑山と村雨は大奥にもどり、台所の板を剝いで、床下へとおりた。

床下に明かりはない。

しばらく暗さに慣れるのを待って、動き出した。

当然、二人の気配に気づいたはずの三年太郎が、逃げ出すのはわかった。上に逃げようとすれば、明かりが落ちてくる。そこへ桑山が矢を放つ。だが、三年太郎はふいに見えなくなった。

「穴に入ったんだな」

「ああ、そこらだ」

近づくとなるほど穴が開いていた。

桑山をそこに待機させ、村雨はまた、志田が待っているところへもどった。

志田が下をのぞき込んでいる。

「出たか？」

「ああ」

志田が真下を指差した。

平川濠に死体が浮いているのが見えた。

「手強かったか？」

「いやあ。慌てて出て来たんだよ。足から先に」

「ほう」

「それで、ぜんぶ身体が出て、ぱっと上を見たのさ」

「目が合ったのか」

「なんか、子どもが悪いことしたのを見つかったみたいな顔しやがってさ」

「ははあ」

「それで、わしもつい、よおって言っちまったんだよ。そしたら、野郎、にこって笑いやがってさ」

志田がそう言うと、

「そうでしたね」

脇から柳生静次郎も言った。

「人の良さそうな笑いだったけど、逃がすわけにもいかないだろうが。それで、まあ、手裏剣を放ったんだけどな」

「あんたはいいやつだからな」

「敵も、もうちっと悪党面したのを差し向けてもらいたいよ」

志田は、後味が悪そうに言って、手を合わせた。

村雨は、死んだ忍者には悪いが、上から見ると、なんだか虫の死骸のように思えてならなかった。

六

将軍宣下の日が近づいている。

幕府にとっては、もっとも大きな行事である。

これほど幼い将軍の誕生は、徳川幕府が開かれて以来、初めてのことである。だからなおさら、威儀を正さなければならないのだろう。城の中は、その準備に大わらわだった。

全国の諸大名、徳川家の直参旗本たちが集まる大広間は、警護もかねて、すべて畳替えがなされている。

襖も替えられた。その絵柄の良し悪しに異論が出て、幕閣たちが一日かけて議論をしたらしい。

その話を白石から聞いて、村雨は、自分にはぜったい城づとめはできないと思った。

そんなに決めるのが難しいなら、白一色にすればいいではないか。

改装で城がばたばたすると、当然、侵入者の心配も生まれる。大奥同心の三人は、職人たちの出入りに目を光らさなければならなかった。

そんなとき――。

三人は、側用人の間部詮房に呼び出された。

場所は大奥の広敷である。間部の脇には新井白石と絵島も控え、むろん人払いがなされている。

「一人、怪しい者を倒したそうだな？」

と、白石が訊いた。

三日前のことだが、やるべきことが多く、間部の用人に伝言を頼んだだけで、直接には報告できていなかったのである。

「はい。すでに大奥の床下にまで潜り込んでおりました。曲者を倒したあと、ほかに仕掛けはないか、床下はすべて点検し、見張りも置くよう、広敷伊賀者たちにもお願いしておきました。しかし、潜入は床下以外にも試みられていると思われます」

桑山が答えた。

「天井裏は？」

間部が不安そうに訊いた。

「もちろん、調べてあります」

「先日の刺客たちのこともまだわかっておらぬしな」

「ええ」

奇妙なことに、尾張が動き出したと思ったら、紀州がぴたりと鳴りをひそめている。まるで結託したような両者の動きである。

「宣下の儀式ですが、お取りやめにはできませぬか？」

と、桑山が訊いた。

「それは無理だな」

「日本橋近くには、怪しい易者が現われ、不気味な予言を残して行ったとか」

この者については、すでに志田が動いて人相なども確かめている。だが、明らかに変装をしていて、聞いた人相も当てになりそうもなかった。

「そうなのだが」

「ぜひ、お取りやめを」

と、村雨も言った。

大勢人が集まれば、どうしても曲者もまぎれ込みやすくなる。なおかつ、曲者の気配も消したりできる。

「ううむ、取りやめとな」

間部が唸るように言うと、

「それはできませんでしょう」

絵島が怒ったようにつぶやいた。

「だが、いずれはやらねばならぬ。全国の藩主に、将軍の威を示すことなしに、政（まつりごと）を進めるのは無理だ。当日はお城だけでなく、江戸市中を厳重に警戒する。そなたたちも全力をつくしてくれ」

そうまで言われればどうしようもない。

「わかりました」

と、三人は頭を下げた。

三人は分かれて大奥を見て回った。

それぞれの目で怪しいところを確認する。これでまず見落としはない。

外に出て、大奥の裏手を見て回っていると、

「村雨広」

声がかかった。

この声をどれだけ聞きたいと願ったことか。

「月光院さま」

窓辺にいた。格子の嵌まった窓で、顔はよく見えない。

「敵は迫って来ているのですか？」

「おそらく」

気休めのようなことは言えない。

「やはり、そうなのですね」

「宣下の儀式を取りやめてもらうようお願いしたのですが、それは無理だと」

「でしょうね」

「どうせ、くだらぬ、恰好だけの儀式」

村雨は吐き捨てるように言った。

「そうですね」

「儀式などなにもない暮らしが恋しくはありませんか」

正月といっても玄関にしめ縄を飾って餅を食うくらい。月見をして団子を食うくらい。おごそかなことなどなにもない庶民の暮らし。

「恋しいです」

月光院の声に、切実さが溢れた。

村雨の脳裡に一瞬、過去の光景が浮かんだ。

浅草寺の境内。奥山のほうではなく、随身門のほうだった。

「広さま。見て」

お輝の指差した先に、月があった。

満月ではなく、二日ほど足りない月だった。

「きれいでしょ」

それはちょうど見上げた本堂の庇のあたりにあった。だからなおさら、月が親しみやすく、明るさも増して見えたのではないか。

夜はかなり更けていた。

お輝はもう十五ほどになっていたのではないか。ということは、村雨は十八。その年ごろの二人が、なぜ遅い刻限に浅草寺の境内にいたのか。

理由は覚えていない。

だが、二人で夜空を見上げたのははっきり覚えている。

足元を見れば、月影が刻まれて、二つの影はじっさいよりも近づいているみたいだった。

「月光の節句」

と、お輝は言った。

「え？」

村雨はお輝を見た。

「今日は月光の節句。ほら、なんとかの節句ってあるでしょ。桃の節句とか。あれで、今日は月光の節句」

「節句っていうのは、月と日が重なるんじゃないのか。今日は月と日はまるで違うぞ」

と、村雨は言った。

五節句のうち、七草の節句は一月七日で重ならない。だが、そんなことも知らないころだった。

「いいの」

お輝は決めつけるように言った。

「なにがいいんだ？」

「夜空を見上げて、きれいだと思った日が月光の節句」

「なにか、食べるのか？　ちまき食べたり、菊酒（きくざけ）飲んだりするだろう？」

「それもしない」

「なにもなしか」

「ただ、月の光をこう浴びて……」

お輝は胸を張るように両手を広げ、

「思い切り息を吸う」

「息を吸うだけ？」

「そう。広さまもやってみて」

「こうか」

お輝の真似をした。

「どう？」

「なんだか爽やかな気分になった」

「でしょ。月がきれいだと思ったら、月光の節句」

「月光の節句」

と、村雨広は言った。

「え？」

月光院は怪訝そうな顔をした。

「いや、なんでもない」

やはり、覚えていないのだった。

七

「食べるものについてはどうだ？」

という問いに、

「相当、警戒しているようです」

と答えたのは、大奥に潜り込んでいる尾張のくノ一である。

名を黄鴉。大奥での名は、単にお菊である。このあいだ、村雨が怪しんで、刀に手をかけようとした女だった。

いまは、天英院の外出に付き添って外にいる。

大奥の女の外出はたいがい墓参である。

この日も上野の寛永寺で、天英院が墓に手を合わせているあいだ、別の墓の陰から声がかけられた。

声をかけたのは、毒盛り半兵衛。

頭を剃り、僧侶姿になっている。眉も薄く、瞼が重く垂れ下がっている。顔がむくむ薬を少しだけ飲んだ。

このあいだ、大奥に入り込んだときはまるで別人である。

「だろうな」

僧侶姿の半兵衛はうなずいた。

「料理をつくるところも厳重に見張られていますし、毒味も何人もついています。あれをかいくぐるのは、まず、不可能かと思われます」

くノ一は早口で言った。

「なあに、口にさせられないなら、風に乗せて吸わせることだってできる」

「吸わせる」

「毒の煙はいくらだってある」

「ああ、そうですね」

「粉にすることもできる」

「はい」

「目にしただけで効く毒もある」

「……」

「耳で効く毒も」

「……」

それは、尾張の忍者たちのあいだで、伝説のように語られてきた。毒盛り半兵衛の毒は、見たり聞いたりするだけで効くと。

本当なのか、くノ一も知らない。

「だが、口にさせるのがいちばん確実ではある。それも、どこかに裏道はあるのさ。将軍の好きな食べ物はあるか？」

「いちばんお好きなのは茶碗蒸しだとか。それは決して残されないそうです」

「茶碗蒸しか」

「お台所でつくるのですよ」

「だろうな。うむ、いいことを聞いた」

「茶碗蒸しに毒を盛るのですか?」

「……」

返事はない。

「わたしにはできませぬよ」

「……」

くノ一は、墓の陰を見た。

毒盛り半兵衛はいなくなっている。

足元で蛇(へび)が死んでいるのが、ひどく不気味だった。

八

翌日――。

大奥に猿回しの猿之助と、猿五匹が来ていた。

新井白石が呼んだのである。

将軍宣下の日に、家継が窮屈な儀式で退屈したあと、なにか気晴らしをさせてあげないと可哀そうだろう。そういう思いで検討した結果、両国で人気の猿回しを楽しんでもらおうと思ったのだ。

見物に来た絵島が、

「身元は確かめたのですか？」

と、訊いた。

「小田原の在の出です。家までは確かめていませんが、もう三年も両国で芸を見せているそうです。それに怪しい者なら、大奥に入るのを喜ぶでしょう」

「喜ばなかったのですか？」

「それどころか、ほんとに何度も断わったのです。上さまにお見せするような芸ではないと」

「それはそうでしょう」

「だが、何度も頼みましてな。まあ、ご覧になってください。かならずや上さまもお喜びなさるはず」

今日は家継には見せない。

だが、これを見せてよいものか、大奥の女たちに判断してもらおうというわけである。

大奥同心の三人も、見物させてもらうことにした。

この前、両国で見かけたときは尻吉、股吉、お乳という名の三匹の猿だった。だが、今日は五匹いる。十匹使う芝居もあるが、それは広いところでやるためで、どうしても未熟な猿を入れざるを得ず、芸が乱雑になるという。

「五匹の芸がいちばんよろしかろうと」

そう言う猿之助の推薦に従った。

「では、ただいまより、お猿の源平盛衰記をば。テケテンテン」

調子を取るのは太鼓の音で、ほかに音曲などはない。

「京の五条の橋の上。現われ出でたるは、弁慶法師。テケテンテン」

大きな猿がふんぞり返ったしぐさで現われる。背中には七つ道具を背負っているが、いかにも玩具めいている。

「そこへやって来たのは牛若丸」

小柄な猿が頭から布をかぶり、楚々としたふぜいでやって来た。その恰好がわざとらしくて笑ってしまう。

「これこれ、そこのおなご」

「おなご?」

と、猿の義経は自分を指差し、首を横に振る。

「おなごでも小僧でもよい。その刀、いただくぞ」

「やなこった」

と、猿の牛若はあかんべえをしてみせる。

この前よりさらに手の込んだ芝居をしている。

「ならば腕ずく」

「取れるものなら取ってみよ。テケテンテン」

猿の牛若丸と猿の弁慶が、橋の欄干（らんかん）で戦い出した。

この橋の欄干は、一間分ほどの安易な小道具だが、この上で落っこちそうになりながらも、刀を振り回すしぐさが面白い。

「おっほっほ。あの恰好！」

奥女中たちは腹を抱えている。

さらには、猿の静御前（しずかごぜん）が現われて舞い踊れば、牛若丸と弁慶は喧嘩（けんか）も忘れてうっとりしてしまうという趣向。

次に場面が変わると、舞台は屋島の合戦。

「おなじみ屋島の合戦の名場面と言えば、扇の的。テケテンテン」

あらたに登場したのは猿の那須与一と舟に乗った猿の女御。

義経、弁慶、そして静御前までもが見物人の役にまわり、やんややんやと声援を送る。

猿の那須与一はいかにも勇ましいが、放った矢は扇の的を外し、舟の女御のお尻に命中してしまう。

「あれまあ、なんという下手な弓矢。テケテンテン」

女御は尻が痛いと泣き、与一は平あやまり。

これらのしぐさに笑わぬ者はいない。

このあと壇ノ浦の戦いまでの騒ぎがいくつかあって、幕となった。

奥女中たちは、大喜びの拍手喝采である。

「これはぜひ、上さまにも観ていただきましょう」

「さぞやお喜びになるでしょう」

最初は気に入らなさそうだった絵島も、

「新井さまはよいものを見つけられた」

と、賛成した。

大奥同心の桑山と村雨は大笑いだったが、ただ、志田小一郎だけが、この猿たちを怪しんだ。

「どうした、志田？」

村雨は訊いた。

「あの猿たち、いつぞや大奥の屋根の上で見かけた猿たちではないか」

「なんだと……」

猿回しの猿之助は、はじめ新井白石に声をかけられ、

「大奥でそのほうの芸を披露してもらえぬか」

と、言われたとき、正体がばれたかと思ったものだった。

だが、白石にそんな芝居ができるとは思えない。どうも、路上で猿之助の芸を見かけ、本気で幼い将軍に見せてやりたいと思ったらしかった。

それでも猿之助はためらった。

猿たちにとっては、すでになじみの場所なのである。そんなところに連れて行こうものなら、いきなり屋根の上に登り出したりするかもしれない。それがきっかけで、仕掛けたものが見つからないとも限らなかった。

しかも、大奥で芸を披露するのは、将軍宣下の儀式のあとだというではないか。

つまり、猿之助は、当日、お城に待機していなければならないのである。

これは予想外のことだった。

当日は、一橋門あたりにいて、そこから天守台あたりのようすをうかがうつもりだった。

――それが、目と鼻の先に待機することになるとは……。

だが、当日、家継はこの芸を見ることはないのである。江戸城内は未曾有の混乱に叩き込まれ、猿回しなど、

「さっさと帰れ」

と、追い払われてしまうに決まっているのだ。

そうしたことまで考慮して、

「わかりました」

猿之助は引き受けたのである。

本来なら、猿之助は川村幸右衛門に相談したであろう。いまさら虎の穴に入り込むようなことをしてよいものかと。

だが、紀州忍者の頭領である川村幸右衛門は、大事を前に大奥同心に敗れ、命

を落としてしまった。

これは予想もできないことだった。

猿之助は、いまの紀州忍者の中で、自分がいちばん幸右衛門の意を酌んでいると自負していた。

跡継ぎを目指すとか、そういうのではない。

猿之助は、深いところで、幸右衛門の意を察していた。なぜかはわからない。ただ、血縁であることもあり、考えがほぼ似通っていたのではないか。

幸右衛門にとって、徳川吉宗は手駒の一枚に過ぎなかった。

なぜなら、幸右衛門は、自ら天下を取るつもりだったから。

それはおそらく最初に吉宗と接したときから思っていたのだ。

狙ったのは将軍の座。そうではない。

あの人の考えは、もっと壮大だった。

──もしかしたら……。

幸右衛門は、五代将軍綱吉の意志を継ぎたかったのではないか。

ときおり接した言動に、猿之助は、そんな疑念も持ったものだった。

悪法とされる生類憐みの令。

だが、それはこの世に生を受けたものすべてを憐れみ、慈しもうとする大いなる意志に近づこうとする法だったかもしれぬ。

少なくとも、幸右衛門はそう思っていたのではないか。

猿之助の猿遣いの技は、幸右衛門の助言があったからこそ、完成したとも言えた。

「猿は一匹ずつ教えても、あまり覚えぬ」

「そうなのですか？」

充分覚えると思っていた猿之助は意外だった。

「集団に教えるのだ。すると、やがて覚えのいい猿が覚えの悪い猿を教えるようになる」

「人みたいではありませんか」

「人みたいなのさ。やがて、猿同士が話し合うようになる。この先、どれだけ賢くなるか。猿は面白いぞ」

そう言っていた。

だが、幸右衛門は意志半ばにして死んだ。

おそらく吉宗は幸右衛門の意志を知らない。

幸右衛門は、今度の襲撃は見ものだと、猿之助の仕事に期待していた。

尾張の忍者たちは、おそらく家継暗殺を成功させることはできないだろう。それで、これまでの忍者の襲撃は、すべて尾張のしわざだったことにしてしまう。だが、最後の最後に、家継とその周辺の者に死をもたらすのは、猿之助が猿たちとともにつくった巨大な仕掛けなのだ。

猿たちは少しずつ、火薬を運び、瓦の下に隠していた。天井裏なら見つかる。だが、薄くして瓦の裏に貼りつければ、見つからない。

それはすでに、かなりの量に達している。

あとは、あの上に花火を一発撃ち込んでやればいいだけ。

強力な火薬で、本丸の屋根に直径三間ほどの大穴が開くだろう。

まさに流星が城に落ち、爆発の炎は火の玉のようになって、本丸の大広間に落下するというわけである。

「うまくいった暁には、猿たちと、お城の中で宴会をしよう」

そう言った幸右衛門の笑顔が懐かしかった。

九

猿の調べは志田にまかせ、村雨は村雨で、別のことを気にしていた。

家継の食事の膳を眺めさせてもらった。

毒味ではない。それは別に係の者がいる。

出される前のお膳。そして、下がってきたお膳。これを調べたかった。

残すものが多い。どうやら家継は好き嫌いが激しいらしい。

甘いものには子どもだから当然目がない。これに毒を入れられたら、てきめんではないか。

毒味役の者のほか、奥女中にも家継の三倍の甘いものを食べてもらうことにした。異変は、家継より先に食する家来や奥女中に出るだろう。

「甘いもののほかに、上さまの好物は？」

村雨は、食事を担当する女中に訊いた。

「茶碗蒸しがお好きで、まず残すことはありません」

「それだ。材料は卵か」

卵は殻でおおわれているだけに、毒の注入を疑われにくい。

「卵を仕入れるところはどこだ？」

「大奥御用達（ごようたし）の卵焼き屋があります。そこが仕入れる卵を持って来させていますが」

その卵焼き屋を訪ねることにした。

尾張町（おわりちょう）にある〈たま屋〉という店だった。ここの卵焼きを買うのに、客が行列していた。

村雨はあるじを呼び出し、大奥からの者と言って、

「卵はどこで調達している？」

と、訊いた。

「当店の鶏（にわとり）を深川の先で育てております」

「なるほど」

同じことを卵焼き屋に訊ねた者はいないという。それは当然だろう。下手人ならそんな足がつくようなことはしない。

村雨はそこへ向かった。

中川に近い亀戸村である。

そこでは鶏を放し飼いにしていた。それを一日に何度か小僧か小女が拾い集めて行くのだ。

大きな小屋に入り卵を産む。それを一日に何度か小僧か小女が拾い集めて行くのだ。

痩せた中年の男が、小屋から出て来たところだった。卵を籠に入れていた。

手口は容易に想像がついた。すでに細工を終えた卵を小屋の中で替えた。小僧か小女は、なにも知らずそれを集めて行く。

得体の知れない毒が混入された卵を。

男は坊主頭だった。眉が薄く、瞼が垂れていた。

──初めて見る顔か？

一瞬はそう思った。それでもどことなく見覚えはあった。

変装しているのだ。

じいっと見つめると、二つの顔が重なった。

あのときの料理人である。

「よう、毒盛り半兵衛」

声をかけると、逃げようとした。

逃げる先に立ち上がった男がいた。

柳生静次郎である。

「逃がさぬ」

そう言った柳生静次郎に手裏剣が連射された。

カッ、カッ、カッ。

わずかな剣の動きでこれらを弾いた。

半兵衛は柵の中を鶏のように逃げた。

一度は柵の上に載り、脱出に成功するかと思ったが、静次郎の放った小柄が、
半兵衛の太股の裏に突き刺さった。

「ケケッ」

妙な声を出し、大きく飛んだ。

「あっ」

半兵衛は口になにか放り込んだ。

つねづねこうした場合を想定していたのだろう。

半兵衛はたちまち、口から血を吐き、身体を痙攣させていた。

十

その日の朝が来た。

江戸の町々でも、緊張しつつ、晴れやかな雰囲気が漂った。

正月でもないのに、江戸中の大名や旗本が、正装してお城へ向かうのである。

「新しい上さまの誕生だ」

「可愛らしい上さまだそうだ」

「可愛いだけじゃねえ。たいした賢いお子らしいぜ」

評判はたちまち江戸中を駆け巡る。

城内も当然、緊張している。

家継にも周囲の緊張が伝わっているのだろう。

「あーん。母上！」

朝から何度もむずかるように、母を呼んだ。

まだ朝餉(あさげ)の前から、きらびやかな衣装を身につけさせられていた。

「ご立派ですこと」

見に来た絵島が感嘆の声を上げた。それはとても芝居には見えなかった。

家継が朝餉の席に着いた。

好物の茶碗蒸しが出ている。

家継は、毒味の者が食べ終えてうなずくのを待った。

「儀式は四つ（午前十時）に始まり、半刻ほどで終わります。お退屈でしょうが、じいっとなさっていてくださいまし。お人形にでもなったつもりで」

月光院がそう言うと、

「うん。わかっておるぞ」

素直な返事だった。

四つを前に、江戸城本丸表の大広間には、全国の大名が勢揃いしていた。

「一同、表を上げいっ」

大名たちが伏せていた顔を上げると、遠くの一段高くなった席に幼い将軍が鎮座しているのが見えた。

「七代将軍、徳川家継さまであらせられる」

「ははっ」

大名たちはふたたび頭を下げた。

「では、臣下としての固めの盃（さかずき）をとらす」

すでに目の前にはお膳が用意され、盃と御酒（ごしゅ）が載っている。

大名たちがそれをうやうやしく取り上げようとしたとき、一人の大名がこのお膳を持ったまま立ち上がった。

脇にいた大名が、

「いかがいたした？」

と、問うた。

だが、その大名はいっきに上座に向かって駆けた。

護衛のための家臣四人が、将軍のすぐ後ろに伏せてある。その四人が刀を抜き放って突進すると、大名は手にしたお膳の一本の脚を掴み、それで刀を払い、こめかみを打った。そこは人の急所である。打たれた者が次々に倒れた。

「危ない、上さま」

声が上がった。

家継は動かない。恐怖のため硬直してしまったのか。

お膳を手にした大名は、将軍家継の頭上に襲いかかった。

そのとき、両脇から飛び出たものがあった。

矢と手裏剣である。矢は羽根が紅白で、手裏剣もまた、柄に紅白の糸が巻かれ、どちらも儀式用に飾り立てられている。

それがお膳を持った男の頭と首に突き刺さっていた。

十一

とんでもないできごとにもかかわらず、儀式は威厳を失わない。曲者の遺体はすばやく片付けられ、なにごともなかったように、儀式は進行する。

大名たちの固めの盃の儀礼が終わると、次は直参旗本たちへのお目見えの番であった。

これも手順は同じである。

一同が平伏するあいだに、将軍が座に着く。

固めの盃がかわされ、

「臣下として忠義をつくさせていただきます」

代表として間部が声を上げ、旗本一同、お膳の上の御酒を飲み干す。

それだけである。

「皆さま、お下がりくだされ」

と、声がかかったときだった。

ドォーン。

と、凄まじい爆音が轟き渡った。

本丸全体が揺れた。

「予言が当たった」

「星が落ちたのだ」

といった声も方々から上がった。

屋根が爆発したらしい。すさまじい量の破片や火の粉が、天井から降ってくる。

これには旗本たちも仰天し、立ち上がりかけた。

すると、メリメリと音を立てつつ天井が裂け、真っ赤な火の玉が天井を溶かすように現われ、炎と黒い煙をまき散らしながら、硬直して動けずにいる幼将軍の頭の上に降り注いだ。

駆け寄って助ける者すらいない。その暇もない。

「あっ、上さまが」

「なんと、上さまが」

大広間は騒然となっている。

だが、間部の声は冷静だった。

「お静かに。上さまはご無事であらせられる。よく、見るがよい。炎に包まれたのは人形で、上さまはすでにご退出なされた」

「おお、それはよかった」

間部の言葉で、旗本たちのあいだに、安堵の声が広がった。

「これ、すべて想定内のこと。式は無事に済んだ。曲者はすべて、この将軍家が成敗いたす。安心いたすがよい」

想定内と言った間部の言葉は嘘でなかったらしく、たちまち現われた広敷伊賀者たちが、手桶の水を次々にまいて、火を消してしまったではないか。

「江戸市中に無用な心配をまき散らすことはなさらぬよう。将軍家は微動だにいたしておらぬ。ささ、退出願おう！」

間部の涼やかな声が、大広間に響き渡った。

そのとき、桑山喜三太と志田小一郎は、お疲れの上さまに猿回しの芸を見せるために待機していた大道芸人に刃を向けていた。

「動くな」

「そなた、先ほど猿を一匹放ったな」

「そうでしたか」

「屋根瓦の下に隠した火薬に火をつけたのであろう」

「お気づきでしたら、早くに屋根を点検すべきでしたな」

「なあに。それでほかの動きをされるよりは、そのままつづけてもらったほうが守りやすいのさ」

「では、知っていて？」

猿之助はほぞをかんだ。

「自害も許さぬ」

と、猿之助は後ろ手にくくられた。

「わしは自害などせぬ。忍びの者は息がある限り戦いつづける」

「同感だな」

志田はそう言ったが、猿ぐつわもかませて、舌を嚙まれるのを避けた。忍びの者は最後まで戦うこともできるし、最後まで嘘を通すこともできる。

「さあ、来てもらおう。いろいろ吐いてもらわねばならぬ」

立ち上がらせた。

この男は、おそらく紀州の忍びである。

とすれば、どれだけ重大な話が聞けることか。

ふと、後ろで声がするのに気づいた。

「うきっ」

「うきき」

「うきい、うきい」

猿たちの声だった。

猿之助は、このあいだより大勢の猿を連れて来ていた。二十匹ほど。芸の未熟な猿には、有象無象の兵士の役をさせるということだった。

しかも、猿たちは、簡易だが、それぞれ鎧をつけ、刀を差している。

見事な武者ぶりである。

整然と並んで、桑山と志田を見つめる視線には殺気すらこもっているではないか。

「これは……」

「なんと……」

　さらに猿たちは互いに見つめ合い、声を出すだけでなく、なにやら身ぶり手ぶりまではじめたではないか。

「話しているみたいだ」

　と、桑山が言った。

「いや、みたいではない。話しているんだ」

　志田は目を見開いたまま言った。

「なんて言っているんだ」

「なにか頼んでいるみたいだ」

　桑山と志田に手を合わせている。

「こいつを助けてくれと言うのか」

「そうみたいだ」

「お前、たいした家来を持ったな」

　と、桑山が猿回しを見たとき、一匹の猿が、後ろ手にした縄を刀で断ち切ったところだった。猿たちの刀は、小ぶりではあるが、本物の刀なのだ。

「あ、こいつ」

桑山が刀を抜こうとすると、猿が飛んで、桑山の顔をおおった。

「邪魔だ」

猿を摑んで横に払うと、ほかの猿たちも刀を振り回しながら、いっせいに桑山に飛びかかってきた。二十四もの猿が、刃を煌めかせながら迫るさまは壮観と言おうか、奇観と言おうか。

「こ、これは」

さすがに剣の腕はたいしたことはないが、素早いのである。それで、刀を振り回されるので、桑山は後退を余儀なくされた。

その隙に猿回しの猿之助は上の庇に飛びつき、足を上空に突き出すようにしたかと思ったら、くるりと回って、屋根の上に立った。

「しまった。猿回しが逃げたぞ！」

「肩を借りるぞ」

志田はそう言って、いったん桑山の肩に飛び乗り、そこから屋根へと移った。

「うききき」

猿たちもまた、めいめいに庇や近くの木に飛び移り、屋根に出て、二人が移動するのを追いかけた。

「梯子を持って来てくれ」

桑山は広敷伊賀者に命じ、ともに屋根の上に登った。

志田が猿之助と戦っているが、猿たちが邪魔してひどく戦いにくそうである。

背中から矢を抜き、鏃に木製の筒を嵌めた。命を奪わず、気絶させるためのものである。

猿が動きを止めた瞬間を狙って、矢を次々に命中させていく。

桑山はこれで猿たちの動きを封じた。

猿の援護がない猿之助は志田の敵ではない。

「観念しろ」

志田が捕縛するため縄を投げようとした。

「あいにくだが捕まるわけにはいかぬ」

下に向かって飛んだ。

猿之助は何度か石垣にぶつかりながら落下し、最後は地面に激突した。

「宣下の式は終わった。お帰りいただきたい」

間部詮房が旗本たちに向かって叫んでいる。

「われらにできることは？」

「お気持ちだけいただこう」

「上さまはどちらに？」

「大奥でお休みだ！」

「敵の正体は？」

「たいした連中ではござらぬ」

いっさい答えない。

些事(さじ)に過ぎない。上さまはご無事。それで押し切る。

やがて、混乱も落ち着く。

だが、人も少なくなった本丸で、二人の男が睨(にら)み合っていた。

尾張藩主・徳川吉通と、紀伊藩主・徳川吉宗である。

しかもここは、かつて幕府を揺るがせた一大事があった松の廊下である。

徳川吉宗の肩を摑み、振り向かせた徳川吉通が、

「吉宗、引っ込むがよい」

と、命じるように言った。

「なんと」

「そなたは側に仕えるのが分だ。王者の柄ではない」

「なにを申される」

「そうすれば名将として後世にまで名をとどめよう。だが、真ん中に座ろうとすれば身の破滅を招くのみ。そなたが使った忍者どもの頭領のようにな」

「吉通さまこそ、こたびのこと、ことごとく失敗なさっている。真ん中の座がふさわしくないのは吉通さまと存じますが」

「ほう。そなた、わしにそのようなことを申すか」

吉通は、左足を少し後ろに引いた。

いつの間にか、脇差ではなく、長刀を差している。

その刀に手をかけてはいないが、そのまま抜ける体勢である。

尾張藩主は代々、柳生流の相伝の剣を受け継ぎ、流派の長の役割も担ってきた。なかんずく吉通は、柳生兵庫助以来の逸材とさえ言われる。

「抜かれるならお相手いたしますぞ」

吉宗も長刀を帯びている。

二人とも対抗意識をむき出しにしていた。

そのとき、

「おふた方、早く退去を。ここはまだ、なにがあるかわかりませぬので」

飛び込んで来たのは新井白石である。

本丸で尾州公と紀州公が斬り合うようなことがあれば、それは政の敗北である。

白石は、政を尊ぶ者である。

「では、ここは白石に免じて」

と、吉通が言い、

「いずれまた」

吉宗が踵を返した。

十二

浅草の奥山――。

村雨広と徳川家継と月光院が歩いている。

小夏もいっしょである。

将軍家継は、江戸城本丸から消えていた。

本丸になにが起きるか予断を許さない。

間部らに懇願し、三年太郎がいた床下から家継と月光院を逃がしていたのである。それは宣下の儀式が始まる直前のことであった。

家継と小夏は手をつないでいる。

小夏がつまずいて転びそうになると、家継はやさしく支えてあげる。

なんとも微笑ましい睦まじさだった。

「まるで幼いころのわたしたちのようですね」

と、月光院は言った。

「あはは」

「でも、村雨さまは家継さまのようにやさしくはなかったですよ」

「そうでしょうか」

「ときどき、置いてきぼりにされた覚えもあります」

「ああ、そんなこともしたかもしれませんね」

「月光の節句」

月光院は空を見上げ、ため息をつくように言った。

「え？」

「月光の節句。決めたのですよね」

「なんだ。覚えていたのですか」

「あのときはよく聞こえなかったのですよ。すぐに、月光の節句と言ったのだと気づきました」

「もう忘れてしまったのかと思った」

村雨広は喜びがこみ上げた。覚えていてくれたのである。大きな、国中が祝うような行事にたくさん参加してきた月光院が、虫の鳴く音のような小さな行事を。

「忘れるわけ、ありませんでしょ。それより、村雨さまが覚えていてくれたのは驚きでした」

「月光の節句。わたしは年に何度もその日があります」

「はい」

「なにも大げさなことはない。食べるものもない。ただ月の光を浴びながら、息を胸いっぱいに吸うだけ。だが、わたしにはいちばん大事な節句だ」

「ありがとう」

月光院はそう言って、昼の空に月を探した。

なかなか見つからなかった。

「母上」

「はい」

「もどりたくない」

と、家継が言った。

「そうはいきませぬ。でも、また、来ましょうね」

「ほんとに？」

「ええ。村雨さまが連れてきてくださるなら」

「村雨、どうじゃ」

家継は訊いた。

「はい。月光院さまもお喜びのようですし」

近くには柳生静次郎も護衛としてついて来ている。

この男を大奥同心の一人に加えてもらうよう、新井白石に頼み込むつもりである。静次郎の剣はかなり力になってくれそうだった。

「町が平和であれば、そこがいちばん安心なのです」

と、村雨は言った。

「ほんに」

月光院がうなずいた。

あのころとまったく変わらない町の賑わいだった。親しみやすく、気のおけない空気だった。

だが、その光景を一人の男が揺るがした。

村雨たちの前に、徳川吉宗が立ちはだかった。

「よく、ここが」

村雨はそう言って、静かに家継の前に立った。

「もしかして、月光院さまはお育ちになったはき溜めが恋しくなったのかと推察いたしましてな」

と、吉宗が言った。

「侮辱は許さぬ」

村雨は言った。

「大奥同心ふぜいが誰に申しておる」

吉宗の言葉に、

「紀州どの。この者の言葉はわたしの言葉と思ってもらいます」

「ううっ」

吉宗の身体から凄まじい殺気が発散されている。

遠巻きにしていた柳生静次郎が近づいて来た。

吉宗の背後からは、桑山喜三太と、志田小一郎も来ている。

ここで決着をつけてくれるほうが、むしろありがたい。

「秘剣月光……」

村雨広がつぶやいた。

両手はだらりと垂れているのである。

ところが、二本の刀が外に出ていた。

「なんと」

吉宗は目を瞠った。

いや、吉宗だけではない。柳生静次郎も、桑山も志田も、武芸の腕があるところまで達したような者は、この異様な剣に驚愕した。

剣は鞘の中にあって、外にもあるのである。

村雨の手が動けば、それは刀を手にしているだろう。

しかも、その刀は、線のようにも波のようにも走るのである。

遥か後世の者が、この剣理に触れたとき、

「量子」

という言葉を思い出すかもしれない。

陽子や電子、光など極小の物質の総称である量子。

この量子は、奇妙な特性を持つ。

量子は、誰も見ていないとき、波として広範囲にあるが、誰かに見られると点になるのである。

すなわち、極小の物質の集合である。たとえば夜空に浮かぶ月もまた、誰も見ていないときは、さまざまな場所に、同時に存在するのである。

われわれの常識を越えた現象。

しかし、科学によって証明されたこの世の真実。

「月光の剣は、上段にあると同時に、下段にもある。右にあると同時に左にある。動けばそれは、線であると同時に波である」

という剣理は、まさにこの、量子の法則を看破したものであったのか。

であれば、

「この剣を遣うものは、生きていながら同時に死んでいる」

としたのは、後の世に、

〈シュレジンガーの猫〉

と呼ばれる、量子の奇妙さを体現したものなのか。

いったい、塚原卜伝の剣は、どこまで進化していたのか。

「紀州どの。そのように物騒なお顔をなされず」

と、月光院が言った。

吉宗の殺気が薄れた。

同時に、村雨広の剣も鞘におさまっていた。

「ご覧なさい、こののんびりした町の人たちを」

月光院は楽しげに、浅草の雑踏を眺め回した。

「ねえ、家継さま」

「ああ、余は嬉しいぞ」

家継がうなずき、

「紀州。余は城にもどる。案内せい」

「ははっ」

吉宗はこぶしを握りしめながら、頭を垂れた。

終章　美男

一

大奥年寄の絵島は、今日もまた、生島新五郎の芝居にやって来ていた。代参のときはかならず立ち寄る。

その代参が多くなっている。しなくてもよい代参まで引き受けているからである。

「最近、外に出ることが多いですね」

と、月光院からも言われた。

だが、その月光院も強くは言えない。自身、先日はお城を抜け、浅草あたりを散策して来た。

だからこそ、家継は救われたのだが、それにしても大胆なふるまいだった。

月光院にはそのことで遠慮がある。

「差し控えましょうか？」

絵島は訊き返したが、

「いいえ、そんな必要はありません。気をつけて行ってらっしゃい」

月光院はそう言った。

絵島の心の中で、生島新五郎への恋ごころが育っている。

——自分はいったいどういうつもりなのか。

つい数日前。徳川吉宗と肌を合わせたばかりなのである。

「絵島。月光院が去っても、そなたはそのまま大奥に残れ」

と、吉宗は絵島を抱きすくめながら言った。

「紀州さま。奥女中を束ねるのは、疲れる仕事なのですよ。それをずっとせよと
おっしゃいますか？」

「そうではない。わしの側室になれ」

「まあ」

「そして、わしの子を産め。そなた、まだ、子を産めるであろう」

「嬉しゅうございます」

と、絵島は答え、弓なりに身体をのけぞらせたものだった。

それなのに、いま、生島新五郎の動きを見ながら、絵島の身体で女がうずいている。

生島新五郎は、義経に扮している。

新五郎の義経は、まるで駄々っ子のような趣きがある。言葉に甘えがあり、母を呼ぶような響きがある。

それが、絵島にはたまらない。

義経が、平家打倒を宣言する。

「皆の者。わしとともに戦ってくれるよな？」

と、訊いた。芝居の台詞(せりふ)である。それが、絵島にはじっさいの台詞のように聞こえてしまう。

――戦いますとも。生島さま。あなたとともに。

だが、生島新五郎がなにをしようというのか。

絵島は自分の気持ちがわからなくなっている。

芝居が跳ねた。

役者たちは総出で絵島一行を見送る。

「絵島さま。たまにゆっくり酒でも」

と、新五郎が寄って来てささやいた。

「そうね。でも、あなたとお酒など飲んだら、いけない道に踏み入っていきそうで」

「よろしいではないですか。禁断の道にこそ、すべてを捨てるに足る恋があるのですから。その恋こそ、未来永劫、男と女を一つにするのですから」

新五郎は芝居の台詞のようにささやくのだった。

二

柳生幽斎は、あいかわらずの自分の仕事に満足していた。虫たちがこの世の話を集めてきてくれる。そっとささやくような声すらも。

そればかりか、虫はこちらの声もまた伝えてくれる。

その声は、まるで自分の胸の中から出た言葉のように、人の気持ちを操っていく。

幽斎は、今度の仕掛けに充分な手ごたえを感じていた。

恋ごころ。

女はこれでもって操るのがもっともたやすい。

絵島は徳川吉宗に惚れていた。

吉宗もまた、まんざらでもないらしい。絵島はたしかに可愛い女なのである。

吉宗にはそう思わせておく。

だが、絵島は内心、別の恋に操られていく。

すなわち、絵島は吉宗とのやりとりを、やがて生島新五郎へ洩らすようになる。

それは、数多くの忍びの者に守られた吉宗の、たった一つの盗聴の通路なのである。

吉宗の思惑を把握すれば、尾張はそれを決定的な場面で封じ込むことができるのである。

川村幸右衛門が亡きいま。

紀州はすでに恐れるに足りない。

同じ舞台を、息をつめて見つめていた若い女がいた。

新井白石の用人、西野十郎兵衛の娘・綾乃である。

芝居などさほど興味はなかった。

だが、西野家の女中から、

「小夏ちゃんも連れて、見に行きましょう」

と、誘われたのである。

小夏にもたまには変わったものを見せてあげるのはいいかもしれない。

江戸の女の子はおませである。役者のしぐさに熱中し、真似てみたりする。それくらいは、この世の楽しみというものだろう。

ところが——。

生島新五郎が主役をつとめる義経の芝居で、平家の公達（きんだち）を演じた若い役者に目を奪われた。

片岡正太（かたおかしょうた）。

まだ、ろくに台詞もない駆け出しである。

それなのに、目が離せなくなった。

——わたしは、どうしたのだろう。

綾乃は思いがけなく浮かび上がった憧れ（あこが）の思いに、愕然（がくぜん）としていた。

三

生島新五郎は、熱い眼差しで絵島を見送った。

さっき、すこしだけ握った手は、汗ばむくらいに火照っていた。

官能の火。

なんと多情な女なのか。

生島新五郎は、自分にまだ、それほどの魅力があるのが嬉しかった。

「絵島さまは、上さまにめろめろですね」

若い役者の片岡正太が近づいて来て言った。上さまとは、もちろん綽名である。大っぴらには呼べない。

「ふふっ、そのようだな。ところで、客の中に、そなたをじっと見つめていた娘がいたぞ」

「そうですか。気づきませんでした」

「いまから、そうしたご贔屓がつくならたいしたものだ。役者は、ご贔屓があってこそだからな」

「はい。ありがとうございます」

片岡正太は、今年、新しく弟子にした若者である。

整い過ぎた、人形のような美貌ではない。だが、どこかに懐かしさを感じさせる少年の面影がある。かつて、兄が、弟が、友が、こんな表情をしていたっけ。

歌舞伎役者の血筋ではない。

だが、歌舞伎を愛好するご贔屓の大名筋から頼まれて弟子にした。

大名は水戸徳川家である。

御三家の後ろ盾が得られるなら、歌舞伎役者にとって、こんな好都合はない。

片岡正太は、生島新五郎が楽屋の脇にある風呂場に入るのを見送った。

脱いだ着物に、黄金虫がついているのに目をやった。

小さく微笑んだ。

――これで音を拾っている。

面白い技だった。

盗聴。それでさまざまな思惑を探れば、さぞや強力な武器となることだろう。

ただし、盗聴を気づかれないあいだは、である。

気づかれたとき、それは逆に相手に強力な武器を送り込むことになる。

つまり、嘘の話を伝えてやればいい。

――いよいよ、われらの出番。

片岡正太はほくそ笑む。

亡くなった黄門さま――水戸光圀の悲願を叶えるときがやって来たのである。

本書は２０１３年12月実業之日本社文庫にて刊行された
『消えた将軍　大奥同心・村雨広の純心２』の新装版です。
再文庫化に際し、改題、加筆修正を行いました。

実業之日本社文庫　好評既刊

宇江佐真理
為吉　北町奉行所ものがたり
過ちを一度も犯したことのない人間はおらぬ——与力、同心、岡っ引きとその家族ら、奉行所に集う人間模様。名手が遺した感涙長編。（解説・山口恵以子）
う23

梶よう子
商い同心　千客万来事件帖
人情と算盤が事件を弾く——物の値段のお目付け役同心が金や物にまつわる事件を解決する新機軸の時代ミステリー！（解説・細谷正充）
か71

河治和香
どぜう屋助七
これぞ下町の味、江戸っ子の意地！　老舗「駒形どぜう」を舞台に描く笑いと涙の江戸グルメ小説。料理評論家・山本益博さんも舌鼓！（解説・末國善己）
か81

倉阪鬼一郎
開運わん市　新・人情料理わん屋
わん屋の常連たちは、新年に相応しい縁起物を揃えて開運市を開くことに。その最中、同様に縁起物を売る旅籠の噂を聞き覗いてみると……。江戸人情物語。
く411

倉阪鬼一郎
えん結び　新・人情料理わん屋
「わん屋」の姉妹店「えん屋」が見世びらきすることに。準備のさなか、里親探しの刷物を配る僧を見かけた易者は、妙なものを感じる。その正体とは……。
く412

実業之日本社文庫　好評既刊

近衛龍春
奥州戦国に相馬奔る
政宗にも、家康にも、大津波にも負けない！　戦国時代を駆け抜け、故郷を再び立ち直らせた、みちのくの名門・相馬家の不屈の戦いを描く歴史巨編！

こ61

近衛龍春
武士道　鍋島直茂
死ぬことと見つけたり――「葉隠」武士道はこの漢から始まった！　秀吉、家康ら天下人に認められ、戦国乱世の九州を泰平に導いた佐賀藩藩祖、激闘の生涯！
こ62

田牧大和
恋糸ほぐし　花簪職人四季覚
料理上手で心優しい江戸の若き職人・忠吉。彼の作る花簪は、お客が抱える恋の悩みや、少女の心の傷を解きほぐす――気鋭女流が贈る、珠玉の人情時代小説。

た91

田牧大和
かっぱ先生ないしょ話　お江戸手習塾控帳
河童に関する逸話を持つ浅草・曹源寺。江戸文政期、寺に隣接した診療所兼手習塾「かっぱ塾」をめぐるちょっと訳ありな出来事を描いた名手の書下ろし長編！

た92

津本 陽
鉄砲無頼伝
紀州・根来から日本最初の鉄砲集団を率い、戦国大名の傭兵として壮絶な戦いを生き抜いた男、津田監物の生きざまを描く傑作歴史小説。（解説・縄田一男）
つ21

実業之日本社文庫　好評既刊